評伝 野上彌生子

迷路を抜けて森へ

岩橋邦枝

新潮社

昭和五十九年五月十日、東京會舘で催された「野上彌生子さん百歳のお祝い」の会にて。

評伝　野上彌生子　迷路を抜けて森へ●目次

口絵写真　新潮社写真部
装幀　新潮社装幀室

評伝　野上彌生子

迷路を抜けて森へ

第一章　師・夏目漱石――作家になるまで

野上彌生子は、長篇小説『森』を執筆中の九十代の日記にしるしている。〈もんだいは幾つになつたではない。幾つになつても書きつづけることである。〉

彼女は、夏目漱石に師事した明治期以来、昭和六十年（一九八五）に九十九歳十一ヶ月で急逝するまでたゆまず書きつづけて生涯現役作家を全うした。

彌生子は、昭和四十一年の〝漱石生誕百年記念講演〟「夏目先生の思い出」のなかで、夏目漱石から貰った長い手紙をところどころ読みあげて披露した。六十年前、二十一歳の彼女が初めて書いた「明暗」という題の小説を漱石に見てもらったとき、漱石が懇切に批評した手紙である。（人物の年齢は、誕生日前もその年の満年齢を記す）

漱石全集の書簡集に、明治四十年（一九〇七）一月十七日付野上彌生子［当時は八重子］

宛の「明暗」評の手紙が収録されていてその全文を読むことができる。次のような書きだしである。

《　明暗

一　非常に苦心の作なり。然し此苦心は局部の苦心なり。従つて苦心の割に全体が引き立つ事なし

一　局部に苦心をし過ぎる結果散文中に無暗に詩的な形容を使ふ。然も入《い》らぬ処へ無理矢理に使ふ。スキ間なく象嵌を施したる文机の如し。全体の地は隠れて仕舞ふ。》

このように箇条書きで、漱石は作品の批評とあわせて、文学者になるということの根本義を噛んで含めるように諭している。懇切叮嚀な批評と教えは、七箇条にわたる。

《明暗は若き人の作物也。（略）才の足らざるにあらず、識の足らざるにあらず。思索綜合の哲学と年が足らぬなり。年は大変な有力なものなり。》《余の年と云ふは文学者としてとつたる年なり。明暗の著作者もし文学者たらんと欲せば漫然として年をとるべからず文学者として年をとるべし。文学者として十年の歳月を送りたる時過去を顧みば余が言の妄ならざるを知らん》

この作者の若さでは《人情ものをかく丈の手腕はなきなり》、だが《非人情のものをかく力量は充分あるなり。絵の如きもの、肖像の如きもの、美文的のものをかけば得所を発揮す

ると同時に弱点を露はすの不便を免がるゝを得べし》と激励をこめて教えている。

さらに漱石は、《しばらく実際に就て御参考の為め愚存を述べん》と書き継いで、彌生子作「明暗」の構成から作中人物の心理と行動まで分析し、作者の独り合点な個所や作者の力量不足による難点を順に、具体的に挙げて指導している。この実作指導も箇条書きで七箇条にわたり、これを読めば「明暗」の梗概と若い女主人公の人物像がおおよそつかめる。それぐらい細かく叮嚀な作品評である。

彌生子の「明暗」は未発表のまま所在不明になっていたが、彌生子没後の昭和六十三年に野上邸で自筆原稿が見つかってこの処女作は日の目を見た。『野上彌生子全集』(岩波書店刊)第Ⅱ期の補遺の巻に収められている。「明暗」は、幸子という二十代の画家が主人公で、四百字詰原稿用紙で百二十枚ほどの作品である。

主人公の幸子は、結婚せずに一生を洋画家として生きようとする女でその時代の基準からみると変った女である。漱石は、《幸子といふ女が画の為めに一身を献身的に過ごすといふはよし。然し妙齢の美人がこんな心を起すには起す丈の源因がなければならん夫《それ》をかゝなければ突然で不自然に聴える》と評している。幸子はかつて兄の親友岡本の求愛を退けたが、今は医学士となった岡本と六年ぶりに再会する。折から彼女は、両親亡きあと唯一の肉親である仲の良い兄が結婚することになって動揺し、自分の絵の才能にも自信を失いかける。そこへ岡本の六年前と変らぬ真情を知らされて彼女は迷いぬくが、いったんはねつけた男の愛を今更うけいれるのは不見識と気づき、訪ねてきた岡本の前で初志をつらぬく態度で押し通してから、「お茶でも入れかへて参りませう」と淋しく微笑んで《清水焼の吸子をとりあげてするりと膝を廻して、男の方が後になると、はら〱と涙がちつた》という結末である。

彌生子の「明暗」と、漱石の批評の手紙を照らし合わせると、漱石が小説の筋を辿りながらじつに的確な指摘と指導をしているのがよくわかる。それよりも何よりも私が感じ入るのは、一介の初心者の原稿に、これほど長文の批評と教えを書いて作者へつたえた漱石の篤実な人間味である。巻紙にしたためた漱石の「明暗」評の手紙は、《今度計ってみると五メートルの上ありました》と、彌生子はその手紙の現物を披露した講演「夏目先生の思い出」を活字にするさい、付記している。

彌生子は、所在不明になった「明暗」の原稿について四十歳の頃すでに、その古原稿を覗いてみたこともないので何を書いたかよく覚えていないと小文「二十年前の私」にしるしているが、漱石からもらった「明暗」評の長い手紙のことは、生涯にわたって何度も感慨をこめて書いたり語ったりした。次に引くのは八十七歳のときの述懐である。

《もし先生が、お前にはとても望みはないから、ものを書くなんてことは断念した方がよからう、と仰しやつたら、私はきつとその言葉に従つたらうと思ひます。さうすれば、作家生活には無縁のものになつてゐたはずです。ところが、さうではなく、いろいろ御親切な教へを受けたこと、わけても、文学者として年をとれ、との言葉は私の生涯のお守りとなつた貴重な賜物でございます。》（『昔がたり』解説）

彼女は九十二歳の談話でも、もし漱石から文学など考えずにずっと細君業をすべきだという手紙をもらっていたら、自分はなんにも書かないですごしたのではないかと思う、と語っている。

彌生子はもともと作家志望ではなかった。《知識慾には駆りたてられてゐたが、自分でも作家にならうなんてことは夢想してもゐなかつた》（「その頃の思ひ出」）という彼女が小説を書きだしたのは、夫の野上豊一郎から聞く漱石山房の木曜会の話に触発されてのことであった。

漱石を囲む週一回の集まりの木曜会は、漱石門下の寺田寅彦、小宮豊隆、鈴木三重吉、森田草平、阿部次郎、安倍能成、野上豊一郎らが主な顔ぶれで、大正になって若い世代の芥川龍之介や久米正雄らが加わった。彌生子の回想によると、漱石が明治四十年九月に早稲田南町へ転居してそこで亡くなるまで十年間の木曜会は、漱石の名声が世にとどろいていた時期なので昼間はいろいろな人が訪れる「接客日」で、夜は常連の門下生たちが夜ふけまで自由に語り合ったが、漱石が朝日新聞社に入社する以前の、まだ彼が教職のかたわら高浜虚子主宰の「ホトトギス」に寄稿していた頃の木曜会は、出席者が持ち寄った原稿を朗読し合評して、「ホトトギス」に載せる作品をきめる選考会のような例会で高浜虚子も毎回出席した。「ホトトギス」は、正岡子規の没後に虚子がひき継いだ俳句雑誌であるが、次第に俳句から離れ、『吾輩は猫である』の連載で漱石の文名が上るとともに文芸雑誌として広く知られるようになった。

彌生子は木曜会に出席したことはなかったが、会のもようは夫からこと細かに聞いて知っていた。夫の野上豊一郎は、毎週の漱石山房の木曜会から深夜帰ってくると、必ずその夜のうちに、会の席上で何が読まれて誰がどんな批評をして、師の漱石がどんなことを言ったなどのくわしいおみやげ話をした。彌生子はそれを聞き捨てにせず、すべて日記に書きとめておいたが、当時の彼女の日記は焼失して残っていない。《すこし内輪話をしますと、その木曜会の席で、鈴木〔三重吉〕さんが読むと、女のときには声色じみた読み方をするので、「鈴木、よせ」と言って先生がお笑いになって、虚子さんが読む。虚子さんは淡々とした読み方で大変お上手だったのです。》（昭和五十二年「夏目漱石」） こんな内輪話ができるほど彼女は夫のおみやげ話を通して木曜会に親しみ、あわせて「ホトトギス」に載った作品を読むうちに、《まねごと》で小説を書きだした。《「男もすなる日記といふもの、われもして見んとて」のおもひ以上の出発ではありませんでした》という彌生子は、文壇へ出る野心もなかった。《ただ夢中に筆を執り、がむしゃらに書いたのみで、目的はただ一つ、夏目先生に見て頂きたい、との願望に外ならなかった。》（「処女作が二つある話」）

こうして書きあげた初めての小説「明暗」は、夫豊一郎を介して漱石に見てもらった。次に書いた「縁」も、豊一郎が木曜会に持参して、漱石の推薦で「ホトトギス」に掲載された。彌生子が豊一郎と結婚して半年後のデビュー作である。彌生子の〝処女作〟として世に出た二作目の「縁」は、漱石の「明暗」評の教えに従って書いた写生文ふうの短篇で、彌生子の母の嫁入り話を素材にしている。

「ホトトギス」派が唱えた写生文は、漱石が《写生文の特色に就てはまだ誰も明瞭に説破したものが居らん》といって漱石なりの説明を試みているが（明治四十年「写生文」）、説よりも漱石流や虚子流それぞれの写生文といわれるものの実作から感じとるほうがわかりやすい。目に見えるものをはっきり書くという写実が、写生文の特色の一つであり、彌生子も対象を忠実に描くことを主眼にして「縁」を書いた。このデビュー作のあとも彼女は、漱石がまだ本格的な小説を書く力のない彼女に与えた教えを守り、初期の創作はいずれも写生文ふうの作品である。写生文は「いまの絵の修業でいえばデッサンですから、むだではなかったと思いますね」と後年語っている。

「縁」は、「ホトトギス」明治四十年二月号の巻頭に、漱石が虚子へ宛てた推薦の手紙とともに掲載された。漱石の手紙の前半は次の通り――《「縁」といふ面白いものを得たからホトヽギスへ差し上げます。「縁」はどこから見ても女の書いたものであります。しかも明治の才媛がいまだ曾《かつ》て描き出し得なかつた嬉しい情趣をあらはして居ます。》

この年二十二歳になる彌生子は、「縁」につづいて「七夕さま」（同年六月「ホトトギス」）と「佛の座」（同年七月「中央公論」）を発表した。

漱石は、原稿を毎回取次ぐ野上豊一郎に《七夕さまは「縁」よりもずつと傑作と思ふ　読み直して驚ろいた》と寸評を添えてはがきでつたえ、虚子宛のはがきにも《七夕さまをよんで見ました、あれは大変な傑作です。原稿料を奮発なさい。先達てのは安すぎる》と書いた。ちなみに、彌生子が「縁」で生まれて初めて得た原稿料は四円。値段史年表で見ると、三省堂の四六判『辞林』（のち広辞林）が二円、公務員の初任給が五十円の時代である。写生文的短篇「七夕さま」の漱石の評は褒め過ぎであるが、次の「佛の座」となると稚拙な習作のレベルで、新人のこんな不出来な小品が天下の「中央公論」に載ったとは、漱石のお墨付の威力のほどが窺える。現在では綜合雑誌から文芸がすっかり後退しているが、「中央公論」と「改造」（昭和三十年廃刊）の二誌は、昭和の戦前まで文壇の中心的存在とまでいわれていた。

彌生子は「中央公論」の有力な編集者滝田樗陰に目をかけられ、小説家の檜舞台とされていた「中公」の新年号と春と秋の特別号に滝田の注文で毎年書くようになるが、《滝田さんとの関係にもたどれば先生が介在するのであつた》と、漱石のおかげで厚遇されたことをのちに認めている。〈何の苦労もなく文壇に進出し得たのは夏目先生のおかげ〉と、顧みて日記にもしるしている。苦節十年が当たりまえとされた時代であった。

彌生子が文壇に出た頃は、女の書き手が少なくて進出しやすかったということもあるにせよ、漱石に師事した彼女は幸運であった。幸運を摑んで生かすのもまた才能である。彌生子の長い人生を見ていくと、彼女は人との縁に恵まれている、というより人脈を生かす能力に長けていると思わされる事柄が多い。夫の豊一郎を介した漱石との師弟関係はその好例である。

「縁」でデビューして、《その後もだいたい書いたものは、すべて夏目先生に見ていただいた。先生は一つ一つ、「ここはよい、ここは悪い、」という風に、ちゃんと批評を書いて返して下さる。野上がすべて取次ぎをしてくれた。したがってわたしとしては、夏目先生がよい、悪いと云って下さるのが、唯一の基準だった。そのころの文壇の人は、先生のほかには誰も知らなかった。》（「作家に聴く」）

夫の野上豊一郎が《すべて取次ぎをしてくれた》という時期の、豊一郎の漱石宛書簡二通を見てみよう。

《拝啓　小説が出来たそうですから見てやつて下さい明日頃清書して郵便で送ります草々》（明治四十年十二月五日付　絵はがき）

次の一通も主語抜きで《「鳩の話」を見て頂いた御礼を申《ママ》てくれとの事です》と、豊一郎自身の用件をしるしたあとに書き添えている。（明治四十二年三月二十一日付）前日の三月二十日付で、漱石から彌生子宛に《鳩の話早速拝見。面白く候すぐ虚子の手許へ廻し候》云々という親切なはがきを書き送っていて、その礼までも夫が取次いでくれた彼女の「鳩公の話」は翌月の「ホトトギス」に掲載された。飼鳩のことを書いた写生文の短篇で、この作品で「野上彌生子」の筆名を初めて用いた。

彌生子は本名ヤヱ。デビュー作「縁」は、「八重子」の名で発表した。彼女は片仮名の本名を好まなかったようで、上京して明治女学校に進学した十代の頃から、郷里の肉親へ宛てた手紙に、八重子またはやへ子と署名している。筆名は、「八重子」の次に「野上八重子」「彌生女」「彌生子」などを用いてから、明治四十二年「鳩公の話」以降は「野上彌生子」となる。漱石は生前、書簡で見るとさいごまで「八重子」で通していて、仕事の用件でも例えば大正三年（一九一四）に東京朝日新聞の短篇小説シリーズに野上彌生子の執筆を頼むさい、《八重子さんは何か書いてくれないでせうか》と豊一郎宛にしたためている。彼女は、作家

「野上彌生子」の道を歩みだしてから、三児の母親になった。

長男素一は明治四十三年（一九一〇）生まれ、彌生子二十五歳。次男茂吉郎は大正二年（一九一三）生まれ、三男燿三は大正七年（一九一八）生まれである。

彌生子は、漱石に師事して小説を書きはじめたとき、外国の女の作家はどんな小説を書いているのか英文学で読んでみたいという興味を抱いた。彼女が学んだ明治女学校では、独自の教育法で教科書は和漢洋すべて原典を使い、高等科になると英語もかなり難かしいものを読まされたが女性の作品は一度も教材に選ばれず、知る機会がなかった。彼女は八十歳のとき回顧している。《六十年も昔の、あらゆる外国文学が翻訳されているという今日の状態は想像もされない頃のことだから、読むとなればすべて原書によるほかはなく、その書物がまた丸善でも通さない限りかんたんには手に入らぬ有様で、私の念願も夏目先生から拝借することで、やっと充たされたわけである。》（「はじめてオースティンを読んだ話」）

その原書の借用も、夫の豊一郎が取次いだ。

漱石が彌生子に貸した原書は、シャーロット・ブロンテ『ジェイン・エア』、ジェイン・オースティン『プライド・エンド・プレジュディス（高慢と偏見）』、それにジョージ・エリオットのものが一冊とエドモンド・ゴス著の絵入りの英文学史。《八重子さんにはオースティンは面白くないかも知れない》と漱石の豊一郎宛のはがきにあるが、漱石の懸念に反してオースティンの『プライド・エンド・プレジュディス』は彌生子に強い感銘を与え、彼女の最も愛読する小説になった。英文学者の夫豊一郎が大正期に邦題『高慢と偏見』を翻訳したとき、彼女はすすんで筆記や校正を手つだった。昭和に入って、初めての長篇小説『真知子』を書くときには、この長年の愛読書をお手本にして、さらに翻案小説『虹の花』(昭和十二年)も書いた。

彌生子は、作家活動の初期中期に翻訳と翻案ものを数多く手がけた。彼女の訳書はいずれも、夫豊一郎が読んで選択し、彼女に翻訳を勧めた本である。『野上彌生子全集』第Ⅱ期全二十九巻のうち、「翻訳」(翻案作品を含む)は六巻を占める。彼女が三児の母として児童文学への関心から自分でも書いた創作童話が、彌生子全集第Ⅰ期の「児童文学」の巻に五十六篇収めてあるが、訳した作品もブルフィンチ『伝説の時代』、ラム『沙翁物語』、スピリ『ハイヂ』(英訳からの重訳)ほか長短篇ともに少年少女向けのものが多い。雑誌「青鞜」に、大正二年から連載して訳者彌生子の愛読書にもなった『ソーニャ・コヴァレフスカヤ』(岩波書店刊)は、十九世紀の天才的数学者ソーニャ・コヴァレフスカヤの自伝と追想で、彌生子がソーニャに抱く親愛は終生変らなかった。九十一歳のときの対談(加藤周一)でもソーニャの名を挙げて、「最も親しいって気持は彼女だわ」と言っている。

彌生子は、ソーニャの自伝を連載中に「青鞜」の伊藤野枝と親しくなった。当時、染井に住んでいた二人の家がたまたま隣り合っていて、垣根ごしに二人はよく話しこんだ。どちらも幼い息子を持つ母親になっていたが向学心に燃えていて、野枝は十歳年上の彌生子からあらゆるものを吸収しようとした。やがて野枝は、彌生子にひそかに別れを告げて新しい愛人のアナーキスト大杉栄のもとへ出奔し、大正十二年の関東大震災のとき大杉栄とともに虐殺された。彌生子は、《正直で質朴で、真摯な向上心と、生一本な熱情を持つた可愛らしい人》（「染井より」）伊藤野枝を、忘れ得ぬ友として後年偲んでいる。

彌生子が創作のかたわら翻訳をつづけたのは、一つには英語の語学力が落ちないように、と勉強家らしい理由を挙げている。トマス・ブルフィンチ『伝説の時代』が彌生子の初めての訳書で、彼女の処女出版でもあった。小説の処女出版は二年遅れて、大正四年の『父親と三人の娘』である。『伝説の時代』は、夏目漱石が序文を寄せていて、のちに改訂版が『ギリシア・ローマ神話』の題で岩波文庫に入り、戦後も版を重ねるロングセラーとなった。それは彌生子は述懐している。《私は今までにようこそしておいたとおもふものが二つある。それはギリシヤの神話に親しんだこと丶、謡をけいこしておいたことである。》（三十七歳の「手帖」から）

彌生子の謡の先導者は、夫豊一郎と木曜会の仲間である。高浜虚子が実兄池内信嘉［能楽振興の功労者、「能楽」主宰］の影響で謡と能を習っていて、虚子の誘いで、漱石と漱石門下の野上豊一郎、安倍能成、小宮豊隆が、下掛宝生流の家元の宝生新から稽古を受けた。彌生子は、漱石の謡を初めてきいた夜の思い出を、のちにくり返し書いたり語ったりしている。

夏目夫人から頼まれた女中さんの件で彌生子が早稲田のお宅へ出向いた夜、通された部屋で夫人を待っていると、隣室の書斎から謡がきこえてきた。「清経」のツレ女が夫の投身を嘆き悲しむくだりで、まるで銀泥のようなものさびた美しい謡に、夏目先生がこんなに素晴らしい謡をうたわれるのかと彌生子はびっくりして聴き耳をたてた。その声が途絶え、「メ

「エー」と山羊の啼くような甘ったるい間のびした謡にかわった。それが漱石の謡で、はじめのは、その夜は家元の代稽古に来ていた尾上始《もと》太郎の謡であった。尾上始太郎は、下掛宝生流九世金五郎の高弟で、当時の家元の宝生新よりも渋いといわれた名人芸のほまれ高い人である。

彌生子は、自ら願い出て虚子の世話で尾上始太郎の出稽古を受けるようになった。始太郎の厳格無比な稽古を、週一回、彼が大正十三年に亡くなるまで十年間受けた。大正末から小鼓の稽古もはじめて、初手は幸《こう》流の若い鼓打ちに、のちに天才的な幸流十六世幸祥光に習い直弟子になった。文学は夏目漱石、哲学は〃田辺哲学〃の田辺元、「そのほか謡だの鼓だの、すべて学んだお師匠さんだけは殆ど超一流といえる人たちでその点はえばれるかもしれない」と、彌生子は九十代に語っている。謡と観能は、彼女の人生の唯一無上の趣味となった。能も高浜虚子に誘われて、はじめて九段能楽堂で観た桜間伴馬［のち左陣］の「葵上」に、夫婦とも魅了されたのがはじまりで、豊一郎はやがて英文学から転身して能楽研究の第一人者になる。

彌生子は、漱石に師事してからも夫豊一郎がすべて取次いでくれるとあって、漱石と会ったのは《数度にすぎず》、《当時の夏目先生はひたすら畏敬の対象で、その前ではろくに口も利けずちぢこまっていた》（昭和三十九年「夏目漱石」）が、手紙では勝手なことも書いて漱石の温情に甘えていた。漱石は、東大と一高に辞表を出した明治四十年春に京都大阪を旅行して、豊一郎へ帰京を知らせるはがきのすみに《京人形の一寸［三センチ］ほどのものを買ひ求め候》と書き添えている。これは彌生子が手紙で漱石におねだりした京みやげの人形である。彼女が長年たいせつにして古びた京人形の、原寸大のカラー写真が『新潮日本文学アルバム』に載っている。六センチ足らずの小さい人形で、両方の耳の上に鬢の毛をつけ、友禅の着物に金茶の帯を締めている。

豊一郎は、師の漱石へ手紙を出すとき「やあ公も書くか」と彌生子に聞き、余白に彼女が書きこんでいたので、漱石の豊一郎宛の書簡には彌生子へ宛てた返信や作品評もまじっている。「やあ公」の愛称を使うのはその後も夫婦の習慣で、彌生子が敗戦前後に疎開して山荘独居をつづけた五十九歳から四年にわたる夫婦の往復書簡にも、豊一郎の手紙にたびたびこの呼び名が出てきて、彌生子自身が「やあ公」と署名した手紙もある。

漱石の書簡でよく知られているのは、晩年の弟子の芥川龍之介（久米正雄と連名）に宛てた《牛になる事はどうしても必要です》と諭した手紙であろう。《吾々はとかく馬にはなりたがるが、牛には中々なり切れないです。（略）あせつては不可《いけま》せん。頭を悪くしては不可せん。根気づくでお出でなさい。世の中は根気の前に頭を下げる事を知つてゐますが、火花の前には一瞬の記憶しか与へて呉れません。うん〳〵死ぬ迄押すのです。それ丈です。》

芥川龍之介は生前、住まいの近い野上家を豊一郎と同門のよしみでよく訪ねて彌生子とも親しかった。二人の作品をくらべれば一目瞭然であるが、彌生子はデビュー当初から、天稟豊かで才気煥発な神童型の芥川とは対照的な、努力型の作家である。漱石は弟子たちへ宛てた書簡で、一人一人に適った親身な助言や説諭を書き送っていて、牛になれという諭しも相手が芥川だからこそであって、彌生子は言われなくても牛になれる人だ。〈根気比べなら、まだ容易に人には負けない〉（六十歳の日記から）と自負し、長い作家生活を通して〈私はいつでも文壇の外側に立ってゐる人間〉と定めた足場でこつこつと書きつづけた彌生子は、牛の根気をもって超然と、という漱石の教えを最もよく実践した弟子といえる。

漱石は、弟子の鈴木三重吉へ宛てた手紙に《間違つたら神経衰弱でも気違でも入牢でも何でもする了見でなくては文学者になれまいと思ふ》と書いているが、彌生子はこの点ではどうか。彼女の昭和三年四十三歳の日記から引く。

〈いつも〳〵おもふ事であるが、自分のやうな精神生活をするものには何等の刺戟も動揺もない平静水の如き心境が常に必要である。肉親［ここでは郷里から上京してきた母親］と相逢ふたのしささへ、斯んな場合はすでに重荷である。自分の絶対に排斥しなければならないもの、社交、冗語、睡眠不足、飽食、家事的のごた〳〵。あまりにうれしきこと、あまりに腹立たしきこと、あまりに悲しきこと。〉

これは学究にふさわしい生活信条である。彌生子の書いたものを通してうける感じでも、彼女は芸術家肌ではなく、学者に向いている。彼女が私生活で敬意や親しみをよせた相手も、木曜会のメンバーからはじまって知的エリートの学者たちで、文壇づきあいを嫌う彼女が一目置いて交友をつづけた作家はインテリの宮本百合子だけである。彌生子は、息子三人も〝知的エリット〟（彌生子の表現）に育てあげるために、今でいう教育ママであった。その猛烈な教育ママぶりは、初期の身辺小説「二人の小さいヴァガボンド（のちに改題「小さい兄弟」)」や「入学試験お伴の記」からよく読みとれる。息子たちは彼女の望みどおり学者になった。長男はイタリア文学、次男は理論物理、三男は実験物理が専門である。

〈いゝ気にならないで、どこまでもまじめに、まともな生活態度を持続して行くことを忘れてはならない〉と、彌生子は昭和十一年五十一歳の大晦日の日記に、自分たち親子五人の一年をふりかえって良しとしながらしるしている。どこまでもまじめに、といえば彼女は戦後の六十二歳のとき、北軽井沢の山荘から東京の夫豊一郎へ宛てた手紙に書いている。《お互ひにツマヅキもあつたにしろ、とにかくよく生き抜く努力を捨てなかつたことは、今日の平安と幸福をもち来たした唯一の原因でした。今後もそれを忘れずに生きませう。》

こんな手紙を、結婚して四十年以上になる夫へ大まじめに書く人が、長年よく小説家でやってこられたものだ、と私は彼女の努力とねばりに感心する。漱石に師事するきっかけがなければ、彌生子は彼女の資質にもっと適した分野で、適した能力を発揮してもっと早く大成したのではないかと思う。

彌生子はまともな常識人である。師の漱石や、彼女が親しみをこめて回想している芥川龍之介とくらべると、彼女は二人と異なり狂気も神経衰弱もまったく無縁な健康優良児で、そのぶん鈍い。師の漱石の思い出や「芥川さんに死を勧めた話」などに出てくるエピソードを読むと、彌生子は漱石と芥川に対しても呆れるぐらい鈍感で、若くて気がまわらなかったというのならばまだしも、のちに回想する時点でも自分の鈍感さにいっこうに気づかないままだ。その一例を〝漱石生誕百年記念講演〟「夏目先生の思い出」から引く。

彌生子が処女出版『伝説の時代』（大正二年刊）の序文を書いてもらった漱石に、何かお礼をしたいと思い夫豊一郎を通して意向をたずねると、「謡の本箱をもらおうか」とのこと。そこで上手な指物師を知っていたのでその人に頼み、二百番の謡本がぴっちり入る白木の桐の箱が出来上って、彌生子は染井の家から早稲田の漱石山房まで俥で持参した。おそろしく暑い日で、汗だくになった車夫が、到着した門から玄関まで謡の本箱を運ぶ間に、車夫の汗が風呂敷から少しはみ出た桐の箱の蓋に二、三滴散って汗じみができた。彌生子は気づかずに、書斎に通るとそのまま差し出した。「すると先生が、ありがとうとも何ともおっしゃらないですぐその汗じみにキュッと目を注いで『こりゃいかんな、こりゃいかんね』って、それればっかりおっしゃっているのです。」

真新しい白木の桐の箱の蓋に「二、三滴」汗じみがついたのでは、上手な指物師が作った謡の本箱は台なしである。ましてや、こちらが所望した品だ、漱石でなくてもキュッと見咎めてこだわるのは正直な反応だろう。ところが彌生子は、次のようにつづける。

「その日はたぶん先生の黒いデモンがとっついて、ご機嫌のわるい日であったのであろうと、あとから考えられました。先生のいわゆる狂気的なもの。」

彼女は、九十一歳のときのインタビューでも漱石の〝異常な神経〟にまつわる話として、謡の本箱を届けた日に漱石が礼を言うより先に汗じみを気にしたのを回想している。車夫が玄関まで運ぶ間に、風呂敷から桐の箱がのぞいているところに「少しだけ汗がたれたのです」と、ここでも彼女自身は何も感じていない。そもそも師へ贈る大切な品を、もっと大判の風呂敷か広い布で叮嚀に包んで持参しなかったのは彼女の落度であるが、自分の若気のいたりであったとは思わないとみえてそれには一と言もふれないまま、もっぱら漱石の異常ぶりを示す思い出話にしている。

「物を書いてお金を取らうなんて考へたことはない」（昭和十七年「野上弥生子女史に聞く」）と、同時代の林芙美子や平林たい子らの気持を逆撫でするような無神経な発言も、自分では矜持をこめたつもりらしいが平気でしている。

彌生子は物心両面で苦労知らずの生いたちで、結婚後の暮しも恵まれていた。正宗白鳥が、昭和十年一月の新聞の文芸時評で彌生子の身辺小説「小鬼の歌」をとりあげた文中に、《堅実なる一家庭の主婦たるこの作家》としるしている。その時代に、堅実な家庭の主婦と作家の両立はきわめて異例であった。私は、昭和初期に女だけの文芸雑誌「女人芸術」を主宰した長谷川時雨の評伝を書いたとき、時雨の傘下に入った書き手たちの経歴に注意をひかれた。昭和三年から四年間つづいた月刊「女人芸術」には、女の発表機関が乏しい時代とあって、女の現役作家たちが馳せ参じるようにして書き文学志望者が登場を競い合って、林芙美子の出世作『放浪記』も同誌に連載された。彼女たち現役作家も文壇進出に鎬を削る新人も、大半が離婚や家出をしたり家庭の桎梏に苦しんだりして、その体験を小説に書いている。文学か結婚か、ものを書く女は覚悟を迫られた。貧乏はもとより覚悟の上だ。野上彌生子のように、夫の力添えで文学の道へ進み、生計の苦労を知らない大学教授夫人で順調に家庭をいとなむ女の作家は、戦前の日本では例外であった。

彌生子は、お金のために書く必要のない境遇に加えて、〈睡眠不足〉や〈家事的のごた〳〵〉を自分が絶対に排斥すべきものとしてそれが思いどおりにできる条件にも恵まれていた。夫が女中さん二人をつねに置いてくれたので、家事と子供の世話をまかせて勉強ができた、と彼女はのちに語っている。「私の家では、本を読むというのが家庭生活でした。」彼女の三男燿三も、「両親から一番学んだことは、人間は机に向かって勉強しているのがノーマルな状態である、ということのように思います」と講演「母　野上彌生子を語る」で偲んでいる。彌生子は、もっぱら読書と勉強を作家的成長の糧にした。

写生文から出発した彌生子の初期の作品には、身辺を題材にした短篇が多い。昭和に入って輩出した女の書き手たちの、切実な人生経験を踏まえた私小説的作品からみると、彌生子の「母上様」（明治四十三年）、「小指」（大正四年）、「二人の小さいヴァガボンド」（大正五年）など若い母親の日常体験や女中さんのことを書いた初期の一連の身辺小説は、世間知らずな奥さま作家の生活記録の域を出ないが、彼女は書斎主義を自任して迷わずに書きつづけた。彼女の場合は、師の漱石のおかげで新人時代から一流の雑誌新聞に発表の場を持っていた幸運が大きい。凡作でも不出来でも、書けば活字になった。

後続の新人の女たちは発表機関をけんめいになって求め、原稿の売込みで出版社を訪ね歩いた。無名詩人の林芙美子が「女人芸術」に持込んだ『放浪記』（原題「歌日記」）は、はじめに売込んだ新聞社で長い間抽斗につっこまれてボツになっていた原稿である。前述の「女人芸術」は、新人の発掘と養成に力を入れたが、四年間で赤字がかさみ廃刊になると、発表の場を失って新人のまま消えてしまった書き手がなんと多いことか。全四十八冊の同誌の創作欄の作者名を見ていくと、今となっては死屍累々という感じで私は胸を衝かれる。もっと機会に恵まれた時代であれば彼女たちは生きのこり、才能を伸ばしたかもしれない。じっさい、彌生子の若書きの身辺小説と読みくらべて、遜色がない作品を発表している新人が「女人芸術」の創作欄に何人も見出せる。

彌生子は、恵まれた境遇と条件をしっかり生かして、あせらず休まずマイペースで精進し、戦後の六十代以降に、生涯の代表作となる『迷路』『秀吉と利休』『森』（未完）の三大長篇小説を書きあげた。根気と勉励がものをいうのは年をとってからである。

従来の日本の〝女流文学〟に例を見ない壮大な社会小説『迷路』は、戦争による中断をはさんで完成まで二十年かかった。『迷路』の最終章を七十一歳の夏に脱稿した日の、彌生子の日記から――〈ホトトギスに幼稚な作品を二十三［数え年］で書いてから約五十年かかってやっと小説らしいものが一つ書けたことになる。〉

作家野上彌生子の誕生を手助けして、その後も長年にわたり助力を惜しまなかった二歳年上の夫豊一郎は、大作『迷路』の完成の六年前に亡くなった。

彌生子と豊一郎は同郷人で、大分県北海部郡臼杵町（現在の臼杵市）の出身である。

彌生子は、郷里臼杵の尋常高等小学校を卒業した翌年、明治三十三年（一九〇〇）十五歳で上京して明治女学校に入学した。ちなみに明治三十三年は、夏目漱石（当時三十三歳）が文部省から満二年間の英国留学を命じられ、ロンドンへ赴いた年である。

臼杵は、彌生子の長篇随筆「ふるさと」に《左右に円く腕をひろげた美しい江湾》と書かれている臼杵湾から海にひらけた港町である。キリシタン大名大友宗麟がこの地に居城を移した時代から、外来文化とあわせて貿易の窓口にもなり、商売で栄えた城下町であったが、幕末から維新にかけて旧藩時代に保護を受けていた特権商人をしのぐ新興勢力が現れた。彌生子の祖父は農民から酒造業に転身した新興商人で、その家業を急速に発展させ富も実力も飛ぶ鳥を落とす勢いといわれた二代目角三郎こと小手川常次郎が、彌生子の父である。彼は小手川酒造を継ぐ一方で、時代を先取りして、自家用の味噌醬油を各家庭でつくるのをやめ買う時代がくると見て、弟の金次郎を味噌醬油製造の新規の事業に当たらせた。これが大成功してフンドーキン醬油株式会社になり、現在では味噌醬油に加え多種類のフンドーキンの製品が広く出廻っている。

新興の醸造業者の小手川家は、彌生子が生まれ育つ頃、財力と政治力にかけて〝臼杵御三家〟とよばれる屈指の商家にのし上っていた。

彌生子、本名ヤヱは明治十八年（一八八五）五月六日生まれ。彼女は長女で、母が後妻なので七つ年上の異母兄と、二歳年下の妹と六歳年下の弟がいた。妹ミツは若死にしたが、弟武馬は上京して大学の商科で学んでからフンドーキン二代目金次郎となって成功し、彌生子と臼杵の実家を物心両面で結ぶ最も親しい終生の絆であった。

彌生子の小学校時代に、臼杵では「本読み」に行くことがはやっていた。一種の塾で、漢文系と国文系とがあった。彌生子は国文系の久保千尋《ちひろ》という国学者のところへかよい、朝は漢文を、午後は学校帰りにまた寄って国文を教わった。真冬でも朝五時に必ず起こしてもらい、提灯をつけてかよった。彼女はまだ十歳にならない頃から十代半ばで上京するまで「本読み」をつづけて、『古今集』『枕草子』『徒然草』『日本外史』や四書五経の素読を《禿頭白髯》の久保先生から受け、『源氏物語』五十四帖は二年がかりで宇治十帖までぜんぶ読みあげた。

その頃は子供向きの読み物が乏しく、娯楽もなかったので、自然に塾がよいに熱心になったと彌生子は語っている。「先生が枕草子、源氏物語などを素読してくれるのだが、ちょうど母親が童話かなにかを子供に話して聞かすようなものだった。」「源氏に出てくる歌なんか、今の子供たちが映画の主題歌を覚えるように覚えてしまった」という彌生子は、九十五歳のときの大岡信との対談でも『源氏物語』の中の歌を、「桐壺」から順に数首すらすらとそらんじてみせている。彼女は久保千尋主宰の歌会で、作歌の稽古もした。子供の会員は彼女一人きりであった。英語の塾にもかよった。先生の発音も解釈もひどいもので、それはやがて上京して女学校で正式に英語を学んでからわかった。とはいえ、明治女学校の授業でいきなり原書を読まされても、どうにか齧りついていくことができたのは、郷里でＡＢＣを習っておいたおかげであった。

彼女の家では特別に学問を奨励したわけではないが、彼女がやりたいというのをやめさせるという空気はなかった。彼女の母マサは、父親の看病で寺小屋にも殆ど行けなかった家庭の事情から、仮名ぐらいしか読めず、不便やひけ目を感じていたようで、長女の女学校進学にためらわず賛成した。彌生子の自伝的な事実をとり入れた長篇小説『森』では、母が娘の進学に賛成したもう一つの理由として、《みめかたちに取りえのない娘の身に、なにか埋め合せになるものをもたせるため》と、娘の不器量を挙げている。彌生子の容貌コンプレックスは結婚後もつづいた。

彌生子は、臼杵で最初の女学生になった。当時は尋常小学校の四年間が義務制で、上の四年間の高等科へ進む女子は限られており、さらに進学する女生徒は臼杵では前例がなかった。まだ地元に女学校もなかった。彌生子が上京した年に、県庁所在地の大分町（明治四十四年の市制施行で大分市になる）に県立の高等女学校が開校する。

野上豊一郎は、彌生子と同じ臼杵小学校の二年上級で、「本読み」は漢文系にかよった。小学校を卒業すると開校したばかりの県立臼杵中学へ進む。彼と彌生子はそれぞれ上京して進学するまで、没交渉ですごした。

彌生子が明治女学校に入ったのは、偶然のなりゆきからである。臼杵は政争の激しい土地で、その敵対ぶりが彌生子の小説や随筆に書かれているが、小手川家は自由党で、地方遊説に来る党の幹部や代議士によく宿を提供していた。ちょうど彌生子が小学校を卒業した時期に小手川家に泊った代議士が、虎の門の女学館［のち東京女学館］にお世話しようと父角三郎に申し出た。政治家に口をきいてもらうと高いものにつくのを知っている角三郎は、同じ東京に娘を出すのであれば東京に住んでいる二番目の弟豊次郎に万事まかせ、豊次郎の家から彼女を通学させることにきめた。

彌生子はのちに、この叔父豊次郎をモデルにした小説〝準造もの〟四部作（「澄子」「準造とその兄弟」「お加代」「狂った時計」）を、大正十二年から十四年にかけて「中央公論」に発表した。小手川豊次郎は、佝僂で虚弱な体であったが優秀な頭脳をもち、学問で身を立てようと志して東京に進学した。さらに七年間のアメリカ留学でドクトル・オブ・フィロソフィの学位を取得して帰国すると、中央の財界政界で活躍して一種の名物男になったが、総選挙に出馬し二度つづけて落選してから酷薄な守銭奴に変貌したという。大正四年四十九歳で没した。彌生子の〝準造もの〟四部作は、未熟な失敗作で、《怖いのは、あの佝僂の一寸法師ぢや》と次兄がおそれる主人公準造の怪物性も、彼をめぐる人物たちも表面的なくどい叙述ばかりでさっぱり描かれていないけれども、叔父豊次郎が肉体の欠陥を学問で支え、頭脳と意地で勝負した生き方は彌生子につよく訴えるものがあって、ぜひ書きたかったのであろう。

彌生子は虎の門の女学館に入るつもりで上京した。郷里の叔母が付添った。明治三十三年当時、まだ臼杵には鉄道が通っていなかった。東京へのぼるには、臼杵から神戸まで汽船に乗り、神戸から汽車に乗り継いで、三泊四日かかった。彌生子たちが歌っていた手まり唄の「これからお江戸は三百里　握りめし二つじゃ行きつけぬ」の歌詞どおりの、遠路はるばるの大旅行であった。彌生子は女学校時代も、片道三泊四日かけて帰省した。日豊線の大分・

臼杵間が開通したのは、彌生子の結婚後の大正四年である。

東京で彌生子の面倒をみる筈の叔父豊次郎は多忙で、かわりに毎日新聞主筆の島田三郎に頼み、島田が同じ社の木下尚江に彌生子の入学の世話を頼んだ。木下尚江は、社会主義者で足尾銅山鉱毒問題や廃娼運動の闘士で、社会主義文学の『火の柱』『良人の自白』をやがて発表するが、小娘の彌生子は紹介された相手がそんな人物だとは知るよしもなかった。どんな学校に入りたいか彼に聞かれて、彌生子は答えた。「学問のできるところなら、どこでも……」「それなら女学館よりも、いい学校がある」と木下尚江は言って、彼女を明治女学校へつれて行き、校長の巌本善治に会わせた。《巌本先生に逢って、木下さんがなにかちょっと話していたが、それで入学ということになった。》(「作家に聴く」)

彌生子が自伝的要素にもとづいて書いた長篇小説『森』は、第一章「入学」の冒頭、木下尚江にあたる人物が彌生子の分身の少女を伴って、巣鴨の庚申塚にある日本女学院〔=明治女学校〕へ向から場面からはじまる。


《ある日。

中年のやせた洋服の男が、上野からの汽車にいっしょに乗った、銘仙《めいせん》の袷《あわせ》に緋繻子《ひじゅす》の帯をまだ貝の口ふうに締めた、身なりだけはまともでも一瞥《ひとめ》で田舎ものとわかる小娘をつれて王子で降りた。》

王子で汽車を降りた二人は、田んぼ道を歩き、古街道を進み、櫟《くぬぎ》の森の中の学校へやっと着く。当時の巣鴨の庚申塚はまだ北豊島郡で、このとおり辺鄙な土地であった。

彌生子が在学した頃の明治女学校の生徒数は約五十人。大半は寄宿舎に入っていて、森の外から通学する生徒は彌生子をふくめ四、五人しかいなかった。彌生子は、本郷区向ケ岡弥生町の叔父豊次郎の家から巣鴨の奥の学校へ、片道四・五キロを一時間半かけて、毎日歩いて通学した。カシミヤの袴に革靴で、本を風呂敷に包んだ通学姿であった。下宿先の叔父の家が千駄木や外神田に移ってからも、歩いてかよった。「だから今でも足は達者です」と八十代のとき言っている。明治女学校の普通科三年高等科三年の六年間、毎日つづけた徒歩通学は、彌生子の身心ともに健康な長寿の土台になっていたにちがいない。

偶然に入学した明治女学校であるが、六年間の学校生活は《私の一生の傾向に殆んど運命的に影響した》と、彌生子は述べている。《ただ一言にして言へば、私はこの学校でクリスト教の神の存在を知つた。(信じたとまでは云ひえないが。)ものを考へることを知つた。精神的なものを重んじることを知つた。さうして疑ふことをも。》(「その頃の思ひ出」)

明治十八年創立の明治女学校の教育方針は《クリスト教的な文化主義》で、創立者木村熊二のあとをひき継いだ巌本善治を中心に、文部省の規則にまったくとらわれない自由な教育が行なわれていた。試験もなければ、修身もない。彌生子は六年間、「君が代」をうたった覚えがなく、教育勅語というものも一度もきかなかった。彼女の在学中に日露戦争があったことを考えあわせると、いっそう型やぶりな独自の教育といえる。五千六百坪の櫟の森の中の学校は、校門もなければ塀もなく、校舎はコッテージふうの洋館で二階と階下の四つの部屋が教室であった。

明治女学校は、島崎藤村の自伝小説『春』に〈麴町の学校〉で登場する。校長の巌本善治が主宰する「女学雑誌」は、藤村や北村透谷らの「文学界」創刊の母胎となった。藤村、透谷、星野天知らが明治女学校で教鞭をとっていた時代が、学校も巌本善治も全盛期で、その頃の校舎は麴町下六番町にあった。その校舎が明治二十九年二月に火事で全焼し、移転した先が彌生子の学んだ巣鴨の校舎である。巌本善治の妻で、『小公子』の訳者で知られる若松賤子は、病床についている体で学校の火災から避難して五日後に亡くなった。巌本善治のカリスマ的魅力は、彌生子の回想や、相馬黒光の『黙移』の中にしるされている。相馬黒光は麴町時代の明治女学校の生徒で、卒業後の彼女が夫とパン屋「中村屋」（現在の新宿中村屋）を開店したとき、お披露目の一と袋ずつのパン菓子を彌生子は学校で

明治三十六年四月、明治女学校普通科
卒業のころの野上彌生子（前列左）

貰って嬉しかった。巣鴨に移転した学校には、藤村が信州小諸から出てくる折に巖本校長を訪ねたり泊ったりして生徒たちの噂にのぼったが、彌生子は自分が作家になろうとは夢想もしていなかったので、そうした文学少女好みの話題に興味をもたなかった。

明治女学校には、全国各地の女学校を卒業あるいは中途で転校して入る生徒が多く、年齢も学力もまちまちで彌生子は年少のほうであった。すべて原典を使う教科書は、英語はテニスン、エマーソン、カーライル、サッカレー、シェークスピアなどの文学書と同時に、ティンダルやヘルムホルツの論文集も読ませるといったぐあいで、それも「字引をひきなさい。一人で読みなさい」なので彌生子はコツコツ辞書を引くことが身にしみついた。

彌生子は、年長の生徒に追いつくまで英語には苦労したが、幸運にも英語の家庭教師が見つかる。それが野上豊一郎であった。彌生子は、同郷の豊一郎とのなれそめを生前くわしく明かそうとしなかったが、渡邊澄子著『野上彌生子』の中に、地元の生き証人から聞いた話がしるされている。それによると、彌生子の幼な友達の兄が東洋大学にかよっていて、たまたま出会った彌生子から英語の勉強の悩みを聞かされ、臼杵中学の同級生で一高に入った秀才がいるから彼に教えてもらえばいい、と野上豊一郎を紹介したという。彌生子と豊一郎は、同じ町で育っても接する機会がなかった。その時代の男女として普通のことであろう。家同士のつきあいもなかった。

野上豊一郎は明治十六年生まれ。一人息子である。彼の生家は、酒の小売りと雑貨や荒物を商う小さな店を営んでいた。彼は中学時代から、雑誌「中学世界」にたびたび投稿し（選者は大町桂月）賞も受けた。東京に進学した彼が、漱石門下で創作活動をはじめたのは彌生子よりも早い。筆名「野上臼川」は中学の頃から使っていた。

豊一郎は、臼杵中学から第一高等学校に合格した初めての、ただ一人の生徒であった。明治三十五年（一九〇二）九月に一高に入学、同期生に中勘助、安倍能成、小宮豊隆、藤村操【入学した翌年に華厳の滝に入水自殺】らがいる。安倍能成は、野上豊一郎の名前を「中学世界」で知っていて、一高の教場で会ってみると《もう少し瀟洒たる才人らしい風貌の持主かと思ったのに、存外風采のあがらない、併し体軀は長大な、九州男子らしい男であった》（『巷塵抄』）と豊一郎の印象をしるしている。

夏目漱石がイギリス留学から帰国して、第一高等学校と東京帝国大学英文科の教師になったのは、豊一郎たちが一高に入学した翌年の四月である。豊一郎は、一高から東大英文科へ進みひきつづき漱石の教えをうける。

一高は全寮制であったが、豊一郎は入学一年後の秋に寮を出て素人下宿へ移った。寮を出たのは、彌生子の英語の家庭教師をつとめる便宜のためか。そのへんの事情はわからないが、彌生子は彼の下宿に足繁くかよったことを随筆に書いている。豊一郎の留守中でも、女学校の帰りみちに寄って彼の部屋で読書にふけった。彼女と豊一郎は、学校の休暇のたびに、三泊四日かかる長旅の帰省をいっしょにするようにもなった。彼女の卒業が近づく頃には、二人は結婚をきめていたと思われる。時期ははっきりしないが、豊一郎が郷里の親友奥津幸三郎へ宛てた手紙で結婚を仄めかしている。

《僕の Wife たるべき彼女は（君等は幼少の時以来接しないから知るまいが）僕の知つてゐる Woman の中で最も心清く操正しく気もしつかりしてゐる、当世のハイカラなお転婆娘では決してないと之《これ》だけは僕の口より断言しておく、》（渡邊澄子『野上彌生子研究』）

彌生子は、明治三十九年春に明治女学校を卒業した。郷里では勉強ができない。東京にとどまって、勉強をつづけたい、と熱望して野上豊一郎と結婚した。彼は東大在学中である。《野上はまだ大学、それで夏休み中に郷里のいはゆる仮祝言で九月の大学の新学期からいつしよに上京可能にさせてくれたわけです》と、彼女は研究者瀬沼茂樹の問合わせに回答している。親の意に添わない結婚であった。父が折れて、《仮祝言》に漕ぎつけるまでの彌生子の苦衷が、その頃に父へ宛てた手紙から読みとれる。

《豊一郎をも御憎み下されまじく候、私はかなしき時も嬉しき時も豊一郎に慰められておもひなほし候、／彼はよき人にて候ものを何とぞ〳〵御憎み下されまじく候、》（明治三十九年五月五日付）

彌生子全集の書簡集には、父宛の手紙が女学校時代の二通とこの手紙と計三通収めてあるが、表書きは三通とも、《大分県臼杵町小手川父上様》と彼女はしるしている。それで通る臼杵の豪商小手川家の、彼女は総領娘である。しかも東京に遊学して箔を付けた総領娘に、父がふさわしい縁組を求めるのは当然のことであり、豊一郎との結婚に反対し、彼が娘をかどわかしたと邪推して憎んだとしても無理はない。《彼はよき人にて候ものを》と父にけんめいに訴え、懇願する彌生子はいじらしい。意志は強いがゴリ押ししない、ねばり強く意志を通す、という彌生子の身の処し方はその後の人生にも一貫している。

二人の結婚を《仮祝言》で済ませたのは、学生結婚という事情よりも、臼杵の御三家と呼ばれる小手川家と小商いの豊一郎の家の格差によるものとみられる。仮祝言の仲人を、臼杵の経済界の出世頭と目されていた大物の大塚幸兵衛が引受け、小手川家の体面は保たれた。彌生子の入籍は仮祝言から二年後、豊一郎が東大を卒業した明治四十一年で、彼女はすでに漱石に師事して新進作家になっていた。豊一郎は大学院に進み、新聞記者と中学教師を経て明治末から法政大学の教師になった。

「結婚してものを書こうとは思わなかったけれど、何か知識を求めるとか、人間的に成長するとか、そういうことは続けたかった」（「妻と母と作家の統一に生きた人生」）という彌生子が、親を説き伏せて夫に選んだ豊一郎は「結婚の出発から私の教師でした。」「何でも聞けば教えてくれる人」で、彼女は学校時代と変らず勉強々々で暮して本ばかり読んでいた。

十代の頃から、《この世の中で一番えらいのは学者と芸術家だ》と何故ともなく信じこんでいた彌生子にとって、漱石と漱石門下のグループは魅力にかがやく存在であったにちがいない。彼女が、自分の教師になってくれてそのうえ漱石の愛弟子という冠をつけた豊一郎を、伴侶に選んだ気持はわかる。それにしても、彼女が生まれ育った時代を考えると、勉強をつづけるために自分で決めた結婚にみる彼女の意志と選択眼には感服させられる。

夫豊一郎は、子供が生まれてからも「知的成長を何より重大に思っていた」彌生子に、すすんで協力し世間並みの主婦を求めなかった。彌生子は、三児の母でありながらおむつを一度も洗ったことがなかった。戦前の中流家庭では女中さんを置くのが普通であったが、豊一郎が薄給の頃でも二人置いたのは彌生子の実家から援助の仕送りがあったとみてよい。彌生子は「おえらい方でも、奥様をそうおさせにならないのに」と夫に花を持たせて、彼の没後に語っているが。

彼女は五十代の日記にも、〈T［豊一郎］に恨みを云ふ事は沢山あるが、感謝すべき事も少なくない〉として、夫が出費にかまわず女中さんを二人置いてくれたおかげで、たえず読んだり書いたりの知的意欲を充たしてきた生活に感謝している。しかし恨み言のほうが先立つ書き方である。

夫豊一郎の存命中、彼へ向ける恨み言や不平不満や激怒をたびたび吐露した彌生子の日記は、彼女が外に本音を洩らさず作品にも絶対に書かなかった、二人の結婚生活の内実の記録にもなっている。

第二章　初恋の人・中勘助――『海神丸』と『真知子』

　彌生子は、克明な日記も生涯の終りまで書きつづけた。

大正十二年（一九二三）三十八歳の夏から昭和六十年（一九八五）三月三十日に亡くなる十七日前までの、六十二年分の日記が、ノート百十九冊に書きのこされ、ほかに手帖や旅行中の懐中ノートに書いたものもある。古い日記は焼失し、現存する六十二年分は、彌生子の没後に岩波書店刊行の『野上彌生子全集』第Ⅱ期全二十九巻の中に収められて公表された。

　全集第Ⅱ期の十七巻十九冊（第十七巻は三分冊）を占める日記の巻には、百冊をこえる日記帳の表紙の写真も入っている。ありふれた市販の大学ノートである。新年と関係なく一冊使いきったところで、次の新しい大学ノートに翌日から書き継いでいる。めずらしく革表紙のノートを、九十二歳の八月から使うときには〈こんな立派なノートはこれまでの日記にはなかつた。この春ドックに入つてゐる時、素一［長男］に買つて来てと頼んだら、彼らしくこんなのを買ひこんで来たのである〉と、わざわざしるしている。

彌生子は八十歳のとき、死後の日記公開を親しい編集者に容認した。しかし発表を意識して手を入れた形跡はない。身内や友人知人に浴びせる悪口も、その日その場の感情にまかせて書きつらねてある。創作に精魂かたむけ、推敲に推敲を重ねる遅筆な彼女が、日記をいじり直すヒマも関心もなかったことは日記の内容が示している。

日記の公表で、彌生子が一生秘密にした初恋の体験と、老年の大恋愛も、私たち読者に初めて明かされた。

彌生子は、昭和十年五十歳の夏、夫と息子たちを東京にのこして一人で滞在する北軽井沢の法政大学村（のち大学村と改称）の山荘で、日記に書いている。
〈かうしてひとりこの山にゐる時、もし突然彼があらはれたら——かういふ空想は私をもう一度あの二十代に押しもどす。人間は決して本質的には年をとるものではない気がする。九十の女でも恋は忘れないものではないであらうか。
私のこの秘密を知らなければ、私をほんとうに解する事は出来ない。〉
文中の〈彼〉は、中勘助。彌生子は、初恋の人である作家中勘助に抱きつづける思いを、折にふれて日記に吐露した。この五十歳の日記でも、雑誌「思想」に彼女の随筆といっしょに載った中勘助の連載随筆を読んでかきたてられた思慕を綿々と綴っている。

彌生子は生前、中勘助との恋愛を〈悲しい一つの秘密〉(四十四歳の日記)、〈永久の秘密〉(九十三歳の日記)にして、日記の中だけに封じこめ終生洩らさなかった。

中勘助と、彌生子の夫豊一郎は一高の同期でともに東大英文科へ進んだ(中勘助は途中で国文科へ移る)。彼らが一高に入学した翌年九月の新学期に、岩波茂雄が落第してきて同級になり岩波も東大へ進む。彌生子は、卒業後の岩波茂雄が、岩波書店を創業する前の古本屋時代に古本を大風呂敷で背負って現れた初対面の姿を、のちに回想して書いている。

中勘助は明治十八年(一八八五)五月、彌生子の半月あとに生まれた同い年である。

彌生子と学生結婚した豊一郎の新居には、これも一高東大を通して同期の友人安倍能成が、中勘助とつれだってよく訪ねてきた。彌生子は、夫の死後も親交がつづいた安倍能成が、学習院院長在任中の昭和四十一年に逝ったときの追悼文で、漱石門下の夫や安倍たちが謡に熱中した往時を偲んでいる。

《稽古をはじめて十番もあがったころは、謡いたくて、謡いたくってたまらないのは誰にも覚えのあることで、安倍さんもそのマニアにとりつかれていた。ところが当時はまだ他家に身をよせていたわけだから、自由にかけ構いなく謡いまくるのには、すでに世帯を持っていた私たちの家が都合がよい。ほとんど日曜日毎に安倍さんは出掛けて来て、野上を相手にうたった。(略)安倍さんほどしばしばではないが、よく連れだって来たのは中勘助さんである。中さんは観世流で流儀はちがうが初心な謡仲間の、大きな声さえだせば、寮歌を怒鳴るのと変らない快さがあると見え、けっこう愉しそうであった。この中さんもすでに昨春亡きひとの数にはいった。》(「安倍さんのことさまざま」)

彌生子は女学校時代から豊一郎を介して、中勘助と結婚前に知合っていたかもしれない。そのあたり不明で、恋の時期もはっきりしないが豊一郎と結婚してからの恋とみて間違いない。彼女の四十四歳の日記に、二十年前の自分は〈当時の流行のヒューマニズムの一時的の感激のため、一生の最も美しいロマンスをずた〳〵にした〉とある。これでは具体的ないきさつがさっぱりわからないが、中勘助に彼女が何かを告白して、それが原因で彼女のプラトニックな恋が破綻したことが、後年の日記や安倍能成宛の書簡から読みとれる。この恋の顚末が、もし結婚前のできごとであれば、中が安倍といっしょに彼女たちの新家庭へよく謡いに来るような交友はしたくてもできなかったであろう。

無名の新人中勘助の『銀の匙』は、夏目漱石の推挽で東京朝日新聞に大正二年四月から二ヶ月間連載され、続篇『つむじまがり』と併せて中勘助の代表作となった。彼は『銀の匙』(前篇)の原稿を漱石に送ってから、新聞連載がきまったという手紙をもらうまで半年待つ間に、漱石を三度訪ねている。二度は安倍能成が、三度目は豊一郎が同行した。その当時まだ豊一郎は、妻彌生子の恋を知らずにいたのかどうか。彼女の没後に公表された、大正十二年彌生子三十八歳からはじまる日記で見ると、豊一郎は妻と中勘助の間柄にこだわって嫉妬しながらも、外では彼とつきあいをつづけている。

〈安倍さんと十日に会食すると云ふことについてまた父さんといやなごた〳〵があつた。

（略）中さんも出ると云ふのが父さんには気に入らないのだ。それがすべての原因だ。私とてもそんな場にゐ度いとはおもはない。自然に出くはしたのなら自然にどんな態度でもとれるが求めてそんなところに行く気はない。それが分つてゐるのに、私の断はり方が生ゆるいとかなんとか要するに焼きもちが原因でわけの分らぬ怒りをもやしてゐるのだ。〉（四十一歳の日記から）

夫婦の間で、中勘助は埋もれたトゲのような存在で、中年期になってからも事あるごとに豊一郎の嫉妬心を刺戟し夫婦喧嘩がおきた。〈また不快な暴風雨が持ち上つた〉〈たまらない不純な嫉妬や束縛や圧迫〉〈彼はすべての束縛を愛情の名によつて解釈しやうとする〉〈泣いて苦しんだ〉と、彌生子は日記にその都度ぶちまけて書きつらねている。

豊一郎は、彌生子の日記で見るかぎり嫉妬深い夫で、例えば、彼女が電車の中で知人の男性と行きあったときにひどく嬉しそうな顔をしたというので咎めだてたり、用件で訪ねてきた男性客に外出中の夫に代って応接した彼女を責める夫の〈いやしい嫉妬〉に彼女が涙をながしたりしているが、豊一郎の性向もあるにせよ彼女のほうで仕向けているふしもある。彼女は初恋の相手に、いつまでも恋心を抱きつづけていた。

〈この頃のK［勘助］の書くものを見てゐると、私の現在の情感や思考の傾向とはあまりかけ離れて仕舞つたので、あれほど激しく私のむねをかき立てた熱情も、完全に過去のものになつたかんじがする。はじめは彼の名前を見たのみでもドキンとしたこゝろが、これほど平静になり得ることはすべて「時」の腐蝕性の作用であらう。〉（五十二歳の日記から）

こう書いてはいるが、その日の明け方に中勘助の夢を見て、〈眼が覚めてからもその光景と姿がありありと印象に残つてゐた〉と、夢の内容をくわしく記述している。

同じ頃の日記で彼女は、世俗的なつきあいや雑事のふえてきた生活をなげき、世間と没交渉にひたすら勉強で机に向かっていた往時を羨んでいる。〈もし私が若い頃からこの頃のやうな世間一般の気あつかひをしなければならなかつたとすれば、多分私はなんにもものなど書きえなかつたらう。義理知らずの分らずやで通して来られた、またNの激しい嫉妬と束縛で家庭に縛りつけられてゐたことは却つて私の進歩を促進させたのだ。〉

彌生子が豊一郎と結婚したのは、前に述べたとおり女学校卒業後も東京で勉強をつづけたいためで、「結婚は勉強するための手段でした」とまで夫の没後に言いきっている。五十代の随筆でも次のように書いている。

《花嫁時代と云ふ言葉から一般に想像される華やかな初々《うひ〱》しい悦びの生活を私はとうと知らなかつたと云つてよい。（略）私は書物ばかり読んでゐた。あるじはまた良人と云ふより先生で、友達で、兄妹で、勉強仲間であつた。》（「先生であり友達であつた良人」）

結婚後も彼女は夫豊一郎を「兄さん」と呼び、息子たち三人が生まれて長男次男が小学生になってからの日記を見ても、まだ「兄さん」と「父さん」を半々ぐらいに使っていて紛らわしい。

豊一郎も、漱石山房の木曜会では彌生子を「妹」で通していた。漱石が、豊一郎をひやかし半分に《八重子の兄さん》と書いた手紙がのこっている。（松根東洋城宛《昨夜出席の諸君子、

三重吉、小宮、中川、八重子の兄さん。（略）八重子の兄さんが忘れ草をよむ。》

豊一郎の場合は木曜会の独身の仲間たちのてまえ、自分も未婚をよそおったのであろうが、彌生子はじっさいに夫に対して「兄さん」という肉親的な気持がつよかったことは、引用した随筆の一節にも現われている。

彌生子の結婚はいわゆる恋愛結婚ではなかった。中勘助が、彼女の初恋の人になった。夫婦がそれぞれに、中勘助の存在にこだわりつづけたいちばんの理由であろう。彌生子は自分本位に夫を「兄さん」あつかいしているが、豊一郎のほうでは恋女房の愛おしさを彼女に感じていて、なおさら嫉妬深くなったのではないかと私は推察する。加えて豊一郎の嫉妬には、中勘助がハンサムで、出自がよくて裕福で東京神田生まれの都会人で、そのすべてに太刀打ちできない豊一郎の劣等感もあったにちがいない。

彌生子は、師の漱石が人の容貌に鋭敏であったと語っているが、彼女自身も目ざとくて、来客の顔の美醜まで〈ちつとも美しくない〉〈美しくはないが頭のしつかりした人〉などといちいち日記に書きとめている。もちろん、自分の顔も気にしていて、息子の幼稚園の卒業式で〈自分のあんまり美しくなさすぎるのが少〻不快である。斯んな無邪気な会合ですら美しくないことはひどく気がひける〉と容貌コンプレックスをしるしている。男の美醜については、〈小さい男はよつぽど美しいかでなければよつぽどえらい人間でなければ困る。〉そうハッキリ書いている。中勘助は、日本人離れした北欧型の美丈夫といわれた人で、彼の六十代の写真を見ても、彫りの深い秀麗な顔立ちで堂々とした体格の（身長は百八十センチあったという）美男子である。後年、彌生子が夫の死後に相思相愛の恋をした哲学者田辺元は、小柄な痩軀であったが、いわずもがな、田辺は〈よっぽどえらい人間〉という彌生子の注文を十分みたす小男であった。

中勘助の名前を見ただけでもドキンとした心が時を経ておちつくにつれ、彌生子は彼の作品を読んで辛い点をつけるようになった。中の書くものが、五十過ぎた彼女の情感や思想の傾向からかけ離れてしまった頃の彼は、二十代から書きつづけてきた日記形式の随筆を雑誌「思想」に長期にわたり断続連載していた。彌生子は、中の日記体の随筆を冷静に批評する。〈日記には一番理想化された彼の生活があらはれてゐると見なければならぬ。その点彼は一種の偽善者だ。〉

中はその後も日記体の随筆を生涯書きつづけ、彌生子は一貫して批判的に評した。批判の内容は、二人が戦後に再会してからの彼女の日記でのちほど見てみよう。中勘助の著作年表をたどると、小説は『銀の匙』のほかに『提婆達多』（大正十年）、『犬』（大正十三年）、『菩提樹の蔭』（昭和六年）の三作だけである。

彌生子のほうは大正から昭和初期にかけて、彼女の前半期の代表作といわれる小説『海神丸』と『真知子』を書いた。戯曲もこの時期に集中的に書き、大正四年発表の対話劇「二人の学校友達の対話」から昭和二年の戯曲「腐れかけた家」まで十一作が、彌生子全集にまとめて入っている。大正期は近代劇運動が盛んで文学者の間にも演劇熱がひろがり、菊池寛、谷崎潤一郎、武者小路実篤らが戯曲を書いた。彌生子の劇作はそういう気運に刺戟されたのであろうが、同じ時期に発表した翻訳ものを含む児童文学のほうが、出来ばえからみても彼女の資質に向いている。

中篇『海神丸』は、大正十一年三十七歳の作。彌生子に郷里の弟が提供した実話にもとづいて、難破船上の殺人事件を描き「人肉嗜食」の問題をあつかっている。それまで主に身辺小説を書いてきた彌生子が、新境地に挑んだ力作である。作中、海神丸の船長と乗組員三人は漂流する難破船上で飢餓がつのり、ついに一人が「人肉喰い」目的で船長の甥の若者を狙って斧を振るう。こうして殺人は行われたが、人肉喰いは実行されない。

作者彌生子はこの作品を、自分が書いた唯一の「モデル小説」「実話小説」と公言した。おそらくそのせいで、『海神丸』のモデルになった船長が戦後になって、船上の殺人事件は「人肉喰い」目的ではなかったと語り、小説に反撥している。実際に起きた事件の真相はどうであれ、『海神丸』は文学作品として、描かれている内容からすると緊迫力とスケールが不足で、まとまりのよい小説である。意欲作ではあるが、それまでの彼女の小説に共通したお行儀のよい小説になっている。《私としては小説らしいものがやっと書けた最初の仕事かも知れない》と自作解説にあり、彼女のその後の反私小説の文学につながる意味ではたしかに最初の仕事といってよい。

彌生子は『海神丸』を発表した年に、短篇集『小説六つ』を上梓した。大正期の女性作家を代表する田村俊子の小説と並べてみると、かなり見劣りのする凡作である。作風のちがいをこえて、才能も力量も一歳年上の田村俊子にとても及ばない。こうした大正期の彌生子の作品を読むにつけても、同時代に絶大な名声を博した田村俊子が、漱石のいう《火花》で終った末路と、こつこつ書きつづけた野上彌生子の晩成の作家人生を、私は思いくらべずにいられない。
彌生子は、中勘助の文学へ向けるようになった冷静な批評眼は批評眼として、昭和十年春に彼の近況を岩波茂雄の夫人から聞き心を痛めた。日記から引く。〈中さんはひどい神経衰弱でやゝ狂的にさへなつてゐられるらしい。（略）中氏が不幸だといふ事はよい気もちがしない。ことに彼が友だちなどに対して、ひどくヒガンだ考へ方をして、世間をせばめてゐるらしいことは、私には胸が痛い。少くともその一半の責はわたしにもあるかもしれないのだから。〉
その時期の中勘助が、神経衰弱で被害妄想的言動をとったのは事実で、安倍能成が中の追悼文に書いている。しかし、彌生子にも一半の責があるかもしれないというのは、どう見ても彼女の思いすごしである。
彌生子と中の過去のいきさつを知っているのは、共通の友人安倍能成ただ一人であった。その安倍へ宛てた六十七歳のときの手紙でも彼女は、自分は中勘助に激しい謝罪の心をもっている、というのは《あの方がなにか一生日かげに生きてゐるやうな生活におちたのは、私の告白が一つの原因になつたのではないか》と書く。くり返すが、彼女はこのとき六十七歳である。同い年の中勘助は、良い妻に恵まれ愛読者たちに支持されて平穏に暮している。彌生子の数十年ごしの、一方的な思いこみによる謝罪の心を、もし彼が知ったら面くらうにちがいない。

中の日記体随筆のシリーズからかいつまんで瞥見するだけでも、彌生子の告白がその後の彼の生活に痕跡をとどめているとは思われない。彌生子の初恋が破綻した時期の中勘助は東大生である。彼は、旧今尾藩の士族の家に生まれた。子供時代を描いた『銀の匙』に出てくる兄は十四歳年上で、東大医科に学び子爵家の令嬢と結婚して、ドイツ留学から帰国するとまだ三十代の若さで九大医科の前身の福岡医科大学の教授になった。中勘助が大学を卒業する直前に、その兄が脳溢血でたおれ、順風満帆のエリートから一転して再起不能の《癈人》になる。父はすでに他界していた。中は《兄の発病、癈人、それに因く深酷な家庭的紛糾》に苦しめられ、兄夫婦と母のいる家を避けて十年以上も仮寓を転々とした。

中勘助は大正九年三十五歳のとき、廃人の兄に代って財産管理と家政の運営を引受けることになり（相続ではない）、財政建て直しのために小石川の家——母屋の邸宅と借家数軒が建ち並ぶ屋敷を、一高時代からの友人の岩波書店の岩波茂雄に買い取ってもらった。こうして一家眷属《けんぞく》がらみの紛糾はやっと結着したものの、彼は病兄と老母が君臨する「家」の管理運営に加えて、暴君で失語症の兄から兄嫁の末子ともども日常の奉仕と献身を強いられ、末子が身心の疲れから病むと代って主婦役もつとめた。

彼は、二歳年上の義姉末子をつねに《姉》と呼び、書いている。《姉》が昭和十七年五十九歳で亡くなると、彼は日記体の随筆『蜜蜂』で追慕した。《姉》は中にとって、兄の発病以来の重荷をいっしょに背負っただけではない特別な存在、恋人以上の存在であったことが、

『蜜蜂』に描かれている。《姉》の死から半年後、中は五十七歳で結婚する。彼ひとりで廃人の兄をかかえて行きづまり、結婚は窮余の策であったが、挙式当日に、その兄が亡くなった。自死であったという事実を、評伝『中勘助の恋』の著者富岡多恵子が平凡社ライブラリー版のあとがきで明かしている。

中勘助の日記体の随筆には、二十代の頃から大正、昭和と長年親しいつきあいのつづいた人妻も登場する。随筆では氏名を伏せて通しているが江木万世《ませ》という女性で、彌生子の夫と同じく、万世の夫江木は中と一高時代からの友人である。江木の学生時代に結婚したところも彌生子たちと同じであるが、江木夫婦は贅沢好みのブルジョアの都会人であった。江木万世は中や彌生子よりも一つ年下で、美女で知られた。鏑木清方の代表作「築地明石町」「のちに郵便切手にもなった」は、万世が四十一歳のとき彼女をモデルにして描いた美人画である。

万世は結婚後に中勘助に愛の告白をした。告白されても《どうしやうもない》と中はしりぞけ、万世もその後何を求めるでもなく過ぎていったが、夫の江木が三十五歳で病死すると、彼女は中に求婚した。《私はすげなく？　聞流した。性格的気質的に生活の理想が殆ど背中合せの二人の結婚が何を齎すであらうか。そのうへ私の現実的な境遇は彼女のロマンティシズムを容れる余地がない。で、私は怨まれつつも彼女の心からの同情者、慰安者にとどまり》、この美しい未亡人の心の支柱になるよりほかはなかった、と中は書いている。

万世には娘と息子二人がいて、中は娘の妙子を幼女の頃から溺愛した。彼は《子供に対する愛は殆ど病的であり、また狂的である》と、自ら小児愛的傾向を認めている。妙子も成長すると中に求婚したが、彼は万世の求婚のときと同じく躲して、妙子の結婚後も「娘」と父の間柄を保ちつつ親交をつづけた。妙子は昭和十七年三十五歳で死去、翌年に妙子の母万世が五十七歳で亡くなった。

富岡多恵子『中勘助の恋』によると、中は一度も彌生子の若き日の告白について書いていないという。これも彌生子は自分本位の思いこみで解釈したかもしれないが、中が一度も書かなかったのは、彌生子を問題にしていなかったからであろう。

中が長期にわたり断続連載していた日記形式の随筆は、事実そのままではなく発表の時期（年）もずれているとはいえ、彌生子はつねに読んで、時には岩波夫人や周りの人から彼の噂を聞いて、兄の発病以来の彼の《現実的な境遇》が、彌生子の過去の告白などかまっていられないということぐらい、察してみなかったのか。また、中が『蜜蜂』で追慕しているかけがえのない《姉》は別格だとしても、江木万世と妙子との長年のいきさつを彼の随筆で読むかぎりでは、この美しくて才気に富む母と娘は、彌生子よりもはるかに深く彼の生活に関わっている。どこから見ても彌生子の負けである。かないっこない。彼女たち母娘の存在にくらべたら、彌生子の告白と別れは、中にとっては青春期の一つの小さなエピソードにすぎないように見える。

しかし彌生子はどう読んだのか、思いすごしを頑として変えようとしない。安倍能成宛の手紙の一節で見るとおり、彼女は自分の若き日の告白が中勘助のその後の生活を左右する原因になったと、六十半ば過ぎても思いつづけ、自惚れた独りぎめを自省するふうもない。この自分本位の思いこみの根強さは、迷わず挫けず小説を書きつづけた彼女の持続力とつながるものがある。彼女が日記の中でくり返し責めている夫豊一郎の嫉妬深さも、彼女の思いこみを差し引いてはかるほうがよいかもしれない。

戦後の昭和二十五年、彌生子が六十五歳の年の二月に、豊一郎が法政大学総長在任中に急逝した。彼女は、中勘助の悔やみ状に返す手紙に、どうかおまいりに来てほしい、奥さんもいっしょならなお嬉しい、と書いた。そして、妻同伴で弔問に訪れた彼と、彌生子は四十余年ぶりに対面した。

〈午後中勘助夫妻が見えて、丁度他の弔問客ともかちあはず、一時間あまりゆつくりして行つた。中さんにもう一度逢ふ瞬間は、三十年代四十年代五十年代を通じて私にはいろ／＼なかたちで考へられたものであるが、それがこんな自然さで果されようとは思はなかつた。奥さんは想像してゐたより素朴な善良さうな方で、中さんも幸福であらう。〉再会した中はすっかり白髪になり、耳が遠くなっている。〈これでは昔の私たち二人のひめごとなどしめやかに語ることは出来ないわけだとおもふと、なにか微笑ましく、運命の皮肉を深く感じた。さうだ運命は私のひそかな祈念を納れて私たちをめぐり逢してくれた。しかし決して人に聞かれてはならないやうなことは語らせないやうに用意してくれたのだ。父さん、だからあなたも安心して私の交際を復活させて下さるでせう。なにもかもなんとよい形に解決させてくれたのだらう。これもすべて野上が死によつて私に示した愛であり、何十年と私を苦しめた、誰も知らない彼の罪の宥るしのすがたであらう。帰る時、あなたもゐらつしやい、と彼はい

つた。いづれその時もあるだらう。すべてを自然に任せて暮らさう。〉

彌生子は香典返しを携えて中家を訪問し、中夫妻と〈公明正大〉と彼女のいう交際がはじまった。

再会した翌年の昭和二十六年九月には、中夫妻を北軽井沢大学村の山荘に招待した。彌生子は、山荘の離室の畳も替えて夫妻を迎える準備をした。彌生子の書斎兼客間の離室は、母屋から山径といってよい勾配を三十メートルほど上ったところにあって、七畳と三畳の二た部屋に水屋も付いていた。中夫妻は九月七日に到着し、離室に五泊した。

二人の滞在中、彌生子は〈私の生涯での曾つてない祭典のため〉午前の日課の執筆を二日つづけて中止したが、日記は毎日欠かさず書いている。中夫妻が到着した日は、〈ヤマメの旨煮とナスのしぎ焼におみおつけにていつしよに晩食をたべる。（略）別に興奮はしなかつたつもりなれど床につきて後、終夜不眠に近いまゝ明けた。〉翌日から、夫妻が三度の食事に母屋へ下りてくるたびに話がはずむ。〈彼は子供らしく自分の過去の作品について語り、またファンの手紙などについても語る。私はそんなことは到底しない。〉

三日目、彌生子は入浴後に離室へ行ってみた。中夫人が入浴を済ませて戻ってくるまでの間、中と彌生子は七畳間の炉をはさんでどちらもキチンと正座して、中夫人のよさを語り合い、二人の過去にもちょっとだけ触れた。〈それでも私がいはなければならないことはいつた。彼はまたあの時安倍などに洩らさなくとも、自分でいへばすむことを、若かつたから下手なことをしてあなたにすまなかつた、といつたので、いや、それによつて安倍さんは私の友だちに今もなつてゐるのだ、と私は答へた。やがて和子さん〔中夫人〕が戻りなすつたので〉云々と、二人のやりとりが簡略にしるされているが、このくだりから、彌生子が秘密で通した二人の過去を安倍能成だけが知っている事情を推察できる。

〈かうして数日逢つて見れば、彼と私との違つた道もますます〳〵はつきりするし、彼が自分の作品についてのみ語り、いはゆるそのファンにとりまかれて自己満足してゐる心理にも深くあき足りないものを感じさせる。が、それはそれとして、とにかく彼は若い私の苦悩の原動力となつてゐた存在であることは事実だ。〉

彌生子は中夫人の人柄や趣味のよさを、同性に手厳しい彼女にしては珍らしくすなおに褒めている。中の妻和《かず》は、昭和十七年四十二歳のとき中の姪の紹介により五十七歳の中と結婚。どちらも初婚で、和はそれまで書道の教授をしていた。

中夫妻は、彌生子の歓待に悦び満足して山荘を発って行った。〈正しくいへば、私は私の四十年のむかしの「過去」を歓待したわけでもある。〉再会までの長い年月は二人を違った道にひき離しているが、〈しかもなほ彼を考へる時、私はつねに二十二三の若い私になる。〉彼女は執筆中の『迷路』の章題を「愛」ときめた。〈私が若い人の愛をこれほどみづ〳〵と描いたのを人は不思議がるかも知れない。私の気もちに若い時からもえつづけたものが、大にそれに役だつたわけだ。〉彼女は初恋のあと、六十過ぎまで恋愛体験がほかになかったとはいえ、初恋を心に留めつづける情熱と執着力は、彼女の創作活動のねばり強さと通じあう。

彼女が、中を山荘に招いた数日間で確認した二人の間の〈大きな距離〉と、彼に感じた〈あき足りないもの〉は、その後の交際のなかで醒めた批判になっていく。

〈彼がエゴイステックな、独善の殻にとぢこもつて、ほんとうに自己を打ち挫き、引き裂く努力をしないで、逃避的に生きてゐるのも、自己を語るのにもよい子の粧飾を忘れないのも、またいはゆるファンに囲まれて自恃してゐるのも、私のいまの心は反撥する。〉（六十六歳の日記から）

〈「愛読者——」をすぐ口にするのには困まる。寂しいからでもあらうが、自分の作品への自得のせゐでもあるに違ひない。彼の文学的な世界はそれでわるくはないにしても、新しい成長や進歩がないのはそのためである。私はなんと冷静に批判するだらう。感情は感情として、この態度ははじめから変はりはなかつた。それにつけても、熱情といふものは脆弱で愚かだ。大切なのは、美しいのは、貴重なのは知性のみである。〉（六十九歳の日記から）

半生かけた片思いから醒めた、彌生子の心の冷えがつたわってくる。

中勘助の日記形式の随筆にひそむ偽善を、戦前の五十歳の日記で指摘した彌生子であるが、相も変らず日記体を用いて自己を語るにもよい子の粧飾を忘れない、そして自作と愛読者への満足を会うたびに口にする彼を、彌生子はしだいに批判するのもやめて、〈依然たりといつた有様〉とうんざりしている。

自分の作品について彼女は中勘助と正反対に、書くときは一生懸命だが書きあげると「ひどく冷淡で」、「不満だらけでのぞく気がしない」「古い作品なんて見たくもない」と対談やインタビューで言っている。彼女は旧作を出版したり選集に入れたりするときも、校正を夫にまかせ、夫の死後は息子たちに頼んだ。

〈中さんと共通の話題はむかしの友だちか能の事よりない。（略）私のそれこそ五十年になるむかしの幼稚な夢の名残りがわづかに掛け橋に過ぎない。顔だけは古典的にいかめしく立派だが、いまの私にはそれは別に魅力ではない。奥さんの方にいつそ友愛を感ずる。（略）この幻滅は彼が知性的にほんとうの成長を遂げないためである。現在の彼から得るもの、充たされるものはなんにもない。〉（七十歳の日記から）

恋の熱の醒めた相手に対しては誰しもこんなものであろうが、彌生子の場合には、彼女がここまで醒めはてた最大の理由に、哲学者田辺元の存在がある。彼女が、六十半ばを過ぎてから田辺元と相思相愛の恋に進むいきさつは後述するとして、彼女にとって理想的な知的エリート田辺元への接近が、中勘助に感じる幻滅を加速させたことはたしかである。

中が肝硬変で入院し、彌生子は病室を見舞った。再会してから十余年、おたがいに喜寿を迎えた年齢になった。〈相かはらず愛読者、銀の匙の話が出る。幸福な人かなとあはれむ思ひで客観的に淡々と退屈をかんじつつ接する自らを私は一面おどろきで見る。この一箇の存在の為に半生以上を苦悩した事はなんと奇妙な夢であつたらう。〉（七十七歳の日記から）

彌生子は、その後も中と交際をつづけた。現実の彼ではなく、半生以上を苦悩した存在である彼をおろそかにはできなかったのであろう。昭和四十年、中が大佛次郎らとともに「朝日文化賞」を受けた。彌生子はお祝の電話をかけ、臼杵の生家小手川酒造の銘酒宗麟を贈った。〈私のこれらのプレゼントも正直にいつて彼の文学への敬意や賞讃のためではなく、私の若かつた時代の思ひいでへの捧げ物である。（略）私にとつては苦しい、懊悩の数十年であつた。しかもいまとなつては彼とほんのあれだけの触れあひを超えなかつた事は、おたがひになんと幸運であつたかと思ふ。もしさうでなかつたら、私の生活はどんな事になつてしまつたか分らない。もとより文学も放棄されたらう。〉

中勘助は彌生子から届いた受賞祝の銘酒をよろこび、朝日新聞のコラムに「姥酒」と題して書いた。彼は、日頃から彌生子を〃山姥〃とあだ名で呼んでよく話題にしていた、と中の身近にいた長年の愛読者稲森道三郎が思い出を書いている。彌生子も山姥を自称して、作品の題にもつけた。稲森の追想によると、彌生子が七十八歳で書きあげた長篇『秀吉と利休』を、中夫人が感心して中に読ませた。彼は読後、「私は和子と全く別の意味で感心しました。まったく、よくしらべあげたものです。山姥は昔からたいへんな勉強家だったからね」と言い、ポツリと一と言つけ加えた。「しかし、山姥は詩人じゃないね。」

彼から、新聞のコラム「姥酒」の切抜きを同封した手紙が届いてから九日後、中勘助の訃報を新聞で見て彌生子は驚愕した。しかし涙はこぼれなかった。

〈いつそ冷静に過ぎ去つたむかしのいろ〳〵さま〴〵があたまの中を通過したのみであつたのは老ひの落ちつきか、それとも老ひの胸の硬化か。いづれにしても私の過去の秘密の大きな部分が、地上からは去つたわけである。〉

二人はともに八十歳であった。

第三章　夫・野上豊一郎――欧米の旅

《私は今日は昨日より、明日は今日よりより善く生き、より善く成長することに寿命の最後の瞬間まで努めよう。》

と六十五歳の彌生子はエッセイ「私の信条」の中に書いている。

この年に、初恋の人中勘助とようやく再会できたが、中がすっかり自得していて新しい成長や進歩がない、知的にほんとうの成長を遂げない、と知るにつれ彼に幻滅したのは当然のなりゆきといえる。彌生子は同じ頃に友人安倍能成へ宛てた手紙でも、《死の瞬間までアムビシアスであり度いと念願してゐます。いひ換へれば、最後の眠りにつくまで成長したいのです》と表明している。

野上彌生子の六十代以降の三大長篇小説は、前半期の作品群よりも格段にすぐれている。不老の成長意欲の賜物であろう。〈どんなに苦しくとも書くことが成長であり、進歩である

ことが今更におもはれる。〉（『迷路』執筆中の六十代の日記から）
作家彌生子の前半期の明治末から昭和十年代まで、年齢でいうと五十代までの短篇小説群を、私は彌生子全集で通読し、昭和に入ってからの作品のうち数篇のほかは、退屈した。総じて優等生の答案のようで、そつなく仕上げているだけで面白味に乏しい。

昭和六年（一九三一）刊行の長篇第一作『真知子』は、戦後になっても、昭和二十年代に私が初めて読んだ頃には野上彌生子といえば『真知子』で、彼女の代表作であった。その後に完成した長篇第二作目の『迷路』、七十八歳で書きあげた『秀吉と利休』、遺作『森』の三大長篇と読みくらべると、『真知子』はいかにも若書きで、力作感漲るが人物造型も話の運びも作者が頭だけで拵えた小説の弱点が目立つ。

『真知子』刊行の翌年に発表した「若い息子」（「中央公論」）を、当時の気鋭の評論家神近市子が、《長い雌伏の後に発表された『真知子』を文壇に半ば冷殺されたまゝになつてゐた野上氏のさつさうたる再登場に、我々は心からなるエールを送らう》と東京朝日新聞の時評でとりあげた。『真知子』に対する文壇の反応が窺いとれるが、しかし『真知子』を「改造」に分載中、〈自分は千人の凡庸な読者よりも一人のエリットによまれることをのぞむ〉（日記から）と言ってのける彌生子は、もともと距離をおいている文壇に《半ば冷殺》されても、こたえなかったであろう。あの小説は時代的には意味がある、と彼女自身はのちに評価している。

彌生子は、昭和二十六年に相ついで急逝した宮本百合子と林芙美子を偲ぶ対談「女流作家」（中島健蔵）で、条件的に恵まれた境遇を最もよく生かしたのが宮本百合子、条件的に不幸な境遇を最もよく生かしたのが林芙美子、と見解を述べてから次のように言っている。「恵まれた条件を有利に生かすということは、恵まれない条件を生かすより難しいようでござんすね。」

これは宮本百合子についての言葉であるが、彌生子にも当てはまる。たぶん彼女も自身を重ねて言ったのであろう。彼女は息子三人が小さい頃から、恵まれた境遇をぞんぶんに生かし、勉強することと書くことを最も重んじて日常生活に根づかせ励行した。

夫豊一郎の協力ぶりも、彼女の日記がくわしく書きとめている。例えば『真知子』の場合。この長篇小説は昭和三年から五年にかけて「改造」に分載されたが、長すぎるという理由で最終回の掲載を編集部に断られ彌生子が猛然と歯嚙みしたとき、豊一郎はすぐさま「中央公論」にわたりをつけて掛け合った。こうして彼の尽力で、『真知子』の最終回「血」は昭和五年十二月「中央公論」に載り、彌生子の長篇第一作が完結して翌年春に単行本になった。

彌生子は上梓した『真知子』を読んでみて、満足できない。〈それに父さん［夫］が見当ちがひの筆を入れたりしてゐてヘンなところがある〉とボヤいている。豊一郎が著者校正の段階で手直ししたらしい。少し遡って大正末に「お加代」を書いたときの日記では、〈夜兄さん［夫］にお加代をよんで貰つた。リアリスティクでないと云つて悪口を云はれた〉とむくれている。

彼女は怒ったりボヤいたりしながらも、その後も長年にわたって戦中戦後まで、小説を脱稿すると必ず夫に読んでもらって彼の校閲や批評をうけた。昭和二十四年に刊行開始の『野上彌生子選集』（中央公論社刊）の著者校正も、その翌年に夫が急逝するまで彼にすべて託していた。

豊一郎は学生時代に、彌生子よりも早く〝大学派〟の作家の一人として認められていた人である。彌生子が漱石に師事した当初から、彼は原稿を取次ぐだけでなく、まず彼が読んで指南していたとみてよい。彌生子の処女作「明暗」にしても、豊一郎が原稿の出来ぐあいも見ずに、愛妻とはいえズブのしろうとの書いた小説を持込んで師の漱石の批評を仰いだりするであろうか。彌生子の翻訳の仕事も、前述したとおり豊一郎が指南役であった。

『真知子』刊行の年に、改造社版『現代日本文学全集』（全六十二巻別巻二）の田村俊子、中条［のち宮本］百合子、野上彌生子の三人集の巻が出た。彌生子はその巻に初めて自分の年譜を収めたが、初の年譜作成という面倒な作業を夫豊一郎が引受けた。次のような彼の内助も彌生子の日記に出てくる。戦後の大作『迷路』のパンだねになった小説「黒い行列」（昭和十一年十一月「中央公論」）を書くとき、主人公の青年が本郷の大学の正門をくぐる冒頭の銀杏並樹の場面で彼女は筆がつかえ、〈午後父さんを引っ張り出して行つて見る。〉銀杏並樹から正面の安田講堂の全貌が見えるか見えないか、夫同道で現地取材（？）して描いた「黒い行列」の冒頭の場面が、長篇『迷路』にそっくり生かされた。

彌生子は戦争末期に北軽井沢の山荘へ一人で疎開し、豊一郎は東京成城の三男夫婦と同居して、戦後の昭和二十三年まで足掛け五年の夫婦別居がつづいた。その間の夫婦の往復書簡の中から百七十六通を収めた『山荘往来』（宇田健編）を読むと、豊一郎はさながら東京出張事務所の主じである。作家野上彌生子の、秘書と校閲者とマネジャーと雑務係を一手に引受け、彼が法政大学総長（就任した当初は学長、翌年三月から総長と改称）に就任した昭和二十一年以降もそれは変らない。

　彼女のほうでも、法政大総長の夫の勤務を意に介するふうもなく、山荘から小説の原稿を送りつけ、頼み事や相談をつぎつぎに書き送っている。小説以外の短い原稿は別として、彼女が夫の校閲を経ずに、担当編集者へ原稿を直接届けることはごく稀れであった。

　昭和二十二年刊行の作品集『草分』に収めた「砂糖」「狐」「神様」など〝北軽もの〟とよばれる一連の小説はいずれも、彌生子が書きあげた原稿を東京の夫豊一郎へ、彼が目を通してから編集者へ、という経路で雑誌に掲載された。豊一郎は、読後の感想を必ずすぐに彼女へ手紙でつたえ、それに加えて《「草分け」の「け」は冗字也》《前半と後半の間に行間を一行あけて置く事にした。》《字は相変らずマチガヒだらけ。》《半ピラ［二百字詰原稿用紙。彌生子が常用］で数へると人に（岩波などに）話す時混乱を生じるから全紙に換算していふべし》といった注意を、毎回こまごまとしたためている。原稿料の受け取りや印税の交渉も、彼が引受けた。

　彌生子は敗戦後、戦争に協力あるいは同調しなかった数少い作家の一人として引く手あまたで、〈この頃は毎日執筆の依頼の手紙を一二受けとらない日とてはない〉と敗戦から五ヶ月後の口記にしるしている。山荘まで交通事情が悪く連絡手段は郵便だけの時代とあって、東京の豊一郎が、彼女にくる用件の窓口になった。彼を通す依頼や交渉は、原稿の注文以外にも多かったが、その一つをここに紹介する。

『真知子』が、監督市川崑、主演高峰秀子で映画化されるさい、まず新東宝の企画課長が豊一郎を訪ねてきて、原作者の承諾を得たい旨頼んだ。彌生子は、夫から知らせの手紙が届いて数日後、山荘まで出向いてきた市川監督と企画課長に、夫の意向に合わせて映画化を承諾し、その報告をする手紙に《事務的なことはみんな学校へ行つて、話してくれとたのんでおきましたから、よろしく御折衝下さいまし》と書いている。豊一郎が目を通してから編集者へ渡す彼女の小説原稿も、学校＝彼の勤務先の法政大学を受け渡しの場所にいつも使っていた。ちなみに、『真知子』を映画化した「花ひらく」は、市川崑監督のデビュー作で昭和二十三年四月封切であった。

彌生子五十九歳の秋の便りからはじまる『山荘往来』は、彼女が有利な条件を生かしてつくってきた夫との関係の達成を見るような往復書簡集である。

豊一郎はもともと小まめな性分で、彌生子の初期の身辺小説「生別」（大正九年）にも描かれている。「生別」は、彌生子の母が上京して彼女たち夫婦の家庭に長逗留した間の体験を殆どそのまま書いているが、作中の一節を引くと《細かいことによく気のつく彼［夫］は、燿子［＝彌生子］のぼんやりしてゐることを償つてくれた。彼は勤め先の帰りに名高い食料品店などに寄つては、母の好きさうなものを買つて来た。色々な珍らしい食料が交る〳〵彼

等の食卓を賑はした。》

　実生活でも豊一郎は家族にお菓子などをよく買ってきた。彌生子は、はがき一枚でも自分で買ったことがなく、「はがき、ないわ」と言うといつのまにか夫が買ってきてくれた。『山荘往来』で見ても、彼のほうが女房役である。この往復書簡集を第三者が読むと、彌生子は自分の好き勝手に夫を利用している、そして豊一郎はここまで妻の世話をやかなくても、と思うような文面が多い。しかし彼ら夫婦にはそれが当たりまえのことであって、結婚のはじめから教師役であった彼は、小まめに行き届く性格もあって、勉強と書くことが第一の彌生子の生活をサポートする関係が常態化したのであろう。無論それだけで済まないのが夫婦の日常で、彌生子は早くから不平不満の多い妻であった。

〈T【豊一郎】はこのごろ眼に見えてラフにとげ〳〵となつた。これは年取つて行く男の無遠慮と我まゝから来たのか。昨夜もアグラをかいたり、立ひざしたり見てゐていやであつた。なぜもつと重々しく、ゆつたり振舞へないであらう。彼も私にはいろ〳〵の注文があるだらう。ある注文は受けてもよい。たゞいつ見ても立派に正しく、長者らしく振舞ふ彼を妻としては見度い。〉（四十五歳の日記から）

　夫の人づきあいの態度を見て〈もつと重厚に〉と、五十代の日記でも文句をつけている。

　彌生子は、出自にこだわり、家の「血」をひじょうに重視する人で、前半期の作品にはそれがにじみ出ている。年をとってからは、さすがに日記の中だけにとどめているが。彼女が、勉強をつづけたい一心で親の意に逆らって豊一郎と結婚するときには、彼の出身や双方の家の格差など問題にしていなかった。しかし結婚生活をつづけるうちに、彌生子は出自にこだわる地金が出た。

いわゆる漱石山脈の豊一郎たちのグループは、高浜虚子や彼女が恋した中勘助をはじめと

して良家の子弟が多い。彼らとくらべて、夫豊一郎の生まれ育ちに彼女はいっそう不満がつ

のったようである。夫の立居振舞を見咎めて、長者らしさ、重厚さを求める彼女に、出自へ

の根強いこだわりを私は感じる。アグラをかいたり立て膝をしたりする夫へ向ける、じろっ

と見くだす目つきが、彼女の日記の記述からうかんでくる。

彌生子は、郷里臼杵の生家と肉親たちのことは、初期の身辺小説から『迷路』や遺作『森』

までさまざまな形でとり入れて描き、随筆にもくわしく書いている。しかし、同郷の豊一郎

の生家と彼の両親に触れた作品は見あたらない。「父の死」（大正四年）で臼杵御三家の〝大

旦那〟の父を看取った体験をつぶさに描き、「明月」（昭和十七年）では郷里の盛大な葬式で

送った母を追慕して好短篇に仕上げた彌生子であるが、大正期に相ついで死去した豊一郎の

父と母のことは、前述の小説「生別」の中に《衛［夫］の両親は国の方で、燿子の実家のす

ぐ近くに住まつてゐたが、今では二人とももう此の世の人ではなかつた》と簡単に書いて片

づけている。ないがしろにしているといってよい。

彼女が、若い頃から誇らしさをこめてくり返し書いてきた臼杵の生家を、「私の田舎の家

というのは、古いちっぽけな酒屋で……」と、ようやく洒脱に語るようになるのは九十を過

ぎてからである。

豊一郎は、昭和五年に『能　研究と発見』（岩波書店刊）を上梓した。能を初めて美学的にとりあつかった点でエポックをなすものとして、注目され好評であった。彼が大正十年頃から論文や講演で発表してきた能楽研究が実ったのである。彌生子は、かつて豊一郎が大正九年に法政大学の教授と予科科長になったとき、〈私は兄さんが予科科長なんてなつてもうれしくもなんともない。それよりも本統の学者として世上に活《ママ》歩する人になつて貰ひたかつた〉と手帖に書きつけている。それだけに『能　研究と発見』の好評に彼女の喜びはひとしおで、これを土台にしてさらに研究を積めば豊一郎の最も輝かしい仕事になるだろう、と期待した。しかし豊一郎は、研究にうちこむ学究タイプではない。おまけに翌年には、女から届いた一通の手紙で彼の秘密が露見して、彌生子の喜びと期待も木っぱみじんになる。

豊一郎の浮気沙汰は三十代の頃にもあって、彌生子は短篇「噂」（大正四年）に書いている。主人公茂子が幼い息子二人と女中をつれて父の病気見舞に帰省し、父を看取って四十九日忌を過ぎるまで二ヶ月ほど東京を留守にしていた間に、夫の《情的事件《アムウレット》》の噂が立つ、という内容である。「噂」は、彌生子が夫の女性関係を題材にした唯一の小説であるが、作者彌生子の自尊心が邪魔してつっこみ不足の作品になっている。

昭和六年の夫の情的事件のさいには、小説とちがってとり乱した本音を日記にぶつけている。夫の嫉妬と束縛を恨みつづけた彌生子であるが、彼女のほうも嫉妬深さではひけをとらない。激しい嫉妬に怒り狂う彼女と、〈ひどくしよげ込み、小さくなつて振舞つてゐる〉夫豊一郎。ありふれた家庭騒動であるが、次のような言葉が出てくるところが、並みの妻ではない。〈今後は決して斯んな秘密が二人の間に生じる余地のないやうに常に彼の内的生活を高め、浄化するやうに注意しなければならない。〉

彼女は一件落着したあとも、注文のうるさい妻である。五十歳前後の日記からひろってみると、犬が外の用事が済んでもまっすぐ帰宅しないというので苛立ち、彼は家を出てぶらぶらするのが愉しいらしい、と怒っている。彼女は出不精を自認していて、下駄を一足買うと何年ももったという。夫とちがって、出歩くよりも机に向かっているのが好きで、勤勉に読み書きにうちこんで意欲をみたすことが彼女にとっては愉しいのである。彼女のうるさい注文は、犬から大事にされて自分を通しているお嬢さん奥様の我儘だけれど、そういう関係を夫婦でつくったのであって豊一郎も納得ずくであろう。

イタリア文学者になった長男素一が、《理想主義とピューリタン主義の二つが、私達の家庭のモットーであった》と思い出を書いている。これも主婦の彌生子中心の、婦唱夫随のモットーとみてよい。

彌生子の望みどおり、豊一郎が能の研究に本格的にとり組むのは、昭和八年から翌年にかけて起きた学内紛争で法政大を辞めてからである。昭和八年当時、法政大教授の豊一郎は、理事と学監と予科科長を一人で兼任していたが、彼に専横の言動があるとして排斥運動が起きた。排斥運動の先頭に立った文学部と予科の教授森田草平は、豊一郎と同じ漱石門下で三十年来の友人であり、代表作『煤煙』の作家である。学生もまき込んだ学内の勢力争いの紛争は、法政騒動とよばれて、新聞が報道する社会的事件になった。豊一郎は大学を追われるかたちで辞め、森田草平も退職した。

彌生子の家庭小説「小鬼の歌」（昭和十年一月「中央公論」）は、法政騒動の一方の当事者の妻の立場から事件のいきさつを書いている。まだ騒動のほとぼりのさめない時期に、彌生子のナマの感情を主人公伊津子に代弁させた作品で、彌生子は日記に〈法政事件のもつとも記念すべき一週年《ママ》の月に、ことの真相の一端を世に発表することが出来たのだから〉、なにより嬉しい、としるしている。そんな了見で書いた小説が、良い出来であるわけがない。ことの真相よりも、作中に杉の変名で登場する森田草平と森田一派に対する意趣返し、という印象を読者の頭にのこすばかりである。法政騒動を知らない読者には、冗長で読みづらいであろう。

正宗白鳥が新聞の文芸時評で、《女性作家の筆に成つたために、「私小説」の弱点が一層明らかに見られたやうに思つた》と評しているが、はたして彌生子に「私小説」を書こうとする方法意識があったのか。もし、あったとすればもっと客観的な目がはたらいた筈で、こんなナマの記録にはなっていない。夫の〈法政からの追放〉は世間知らずの彌生子を襲った重大事件で、夫婦にとって〈殆んど一生のターニング・ポイントをなすやうな一年〉であった。それを小説に書くからには、時をおく必要があることぐらい作家歴の長い彼女にわからぬ筈はないが、我慢できなかったらしい。森田草平一派に対する彼女の憎しみは激しく、〈復讐〉という言葉も日記の中で使っている。

彼女は理性的なようでいて、激しやすい。『山荘往来』の往復書簡の中で豊一郎が、《一体にやあ公［彌生子］は喜怒色にあらはす性質が年をとつても少しも直らないのはどうかと思ふ》と窘めている。

豊一郎は春夏秋冬を通していつでもオダヤカな人だった、と漱石山房の常連の画家津田青楓が『漱石と十弟子』に書いている。漱石の次男伸六の回想記でも、森田草平や小宮豊隆とちがって性格のよい《温厚篤実な野上豊一郎さん》とある。しかし、豊一郎にも圭角の人といわれる一面があって、彌生子は折にふれ日記でこぼしている。「小鬼の歌」で、豊一郎にあたる夫の氷見が、伊津子［＝彌生子］に向かって、学内紛争の話を家で持ち出すな、「いいか、分つたね」と言い渡す場面は、《一図な、我儘つ児らしい癇癖でかうおつ冠せて来る時の彼には、子供から一緒に育つたやうな伊津子をさへ、震へさせるほどのとげとげしさがあつた》と描かれている。豊一郎はまた、長男素一の随筆によると、自分が酒を飲まないので家に酒器を絶対に置かせず、来客のもてなしで必要になるとそのたびに彌生子は、近所のそば屋まで女中さんを走らせて徳利と盃を借りていた。

彌生子は、よいことばかりつづく筈はなく運命の波動はきっと悪いことへ変る、次には必ずよいことがある、と殆ど迷信的に信じていて〝波の哲学〟と呼び、「小鬼の歌」でも主人公伊津子をその運命観の持主として描いている。法政騒動で失脚した豊一郎は、彌生子の〝波の哲学〟が的中し、数年のうちに日本の能楽研究の第一人者になった。

彼は、昭和十年から十二年にかけて『能の再生』、『解註　謡曲全集』全六巻（中央公論社刊）、『能面』（岩波書店刊）を上梓し、能と謡曲の劃期的な仕事が高い評価をうけた。昭和十年には、鉄道省の海外宣伝事業の一つとして、豊一郎監修のトーキー映画「葵上」[シテは桜間金太郎のち弓川]をつくった。当時はまだ能が芸術としてあつかわれていなかった時代で、豊一郎の研究と活動の貢献は大きい。豊一郎監修の『能楽全書』全六巻は、戦前の研究の集大成で戦争末期の昭和十九年に完結するが、軍国主義の時代に超然として高い学問的水準を保った『能楽全書』を、貴重な愛読書にした人びとは階層と世代を問わず多かった。作家杉本苑子も、戦時中の女学生時代に、『能楽全書』は彼女のバイブルであったという。

豊一郎は、昭和十三年に能の研究で博士号を取得し、法政大学の名誉教授に返り咲いた。その年さらに彼は、外務省の斡旋によりイギリスのロンドン、ケンブリッジほか諸大学で能を中心とした日本文化史の巡回講義をすることが決まり、彌生子も夫に同行して渡欧する。法政騒動のあと渡欧まで、その間の彌生子の仕事で重視したいのは、連作形式の社会小説をめざした「黒い行列」「迷路」の発表と、時局の圧力による連作の中断である。

順を追ってしるすと、彌生子は「小鬼の歌」を新年に発表した五十歳の秋に台湾へ旅行した。前年に東大文学部を卒業した長男素一を伴って行った。彌生子と明治女学校の同級でその後も交友のつづいている平塚茂子が、台湾総督府長官の夫人になっていて、茂子の招きに応じて約三週間滞在し、原住民の実状を見聞するために奥地まで入ったりして帰国後に紀行文「台湾游記」と「蕃界の人々」を「改造」に発表。『朝鮮・台湾・海南諸港』を豊一郎と共著で昭和十七年に刊行した。台湾に同伴した素一は、翌年の昭和十一年に第一回日伊交換留学生としてローマ大学に留学する。彌生子は旅立つ息子を見送ってから、北軽の山荘で執筆中の小説を書きあげ「中央公論」に発表した。この小説「黒い行列」が、戦後に全面的に改稿されて大長篇『迷路』の第一部となる。

「黒い行列」は、昭和五、六年から十年代にかけて激動の時代を生きる若いインテリゲンチャの一群を描く構想で、昭和七年の作「若い息子」につづくものを書こうと意図した。「若い息子」は、昭和初年の左翼運動の盛んな社会情勢のなかで、苦悩しながら母を振り切って学生運動へとび込んでいく高校生を主人公にしている。特定のモデルはないが、長男素一が旧制浦和高校に在学中に起きた学生運動と、次男茂吉郎が通う東京高校の学生運動をもとにして書かれている。浦和高校で左翼運動に身を投じた素一の同級生たちの中に、のちの作家武田泰淳もいた。

「若い息子」は、前述した神近市子のほかに、川端康成が新聞の文芸時評でとりあげた。川端康成は、野上彌生子は見逃してはすませぬ今日の問題をあつかっていて《真面目な努力は尊敬すべきである。しかし、ただそれだけである。》《すべてがたいへんおだやかな常識づくめで、新聞記事の「左傾学生云々」の一行の見出しほどの刺戟も、この作品は持つてゐないのである》と批評している。彌生子の小説の特長と弱点を、ずばりとついた評である。

こんな程度の小説、つまり常識ずくめの無難な小説でも検閲にひっかかり、約二百枚の「若い息子」は《学生運動》が《××運動》、《ビラを》が《××を》など、七十数ヶ所が伏字にされて昭和七年十二月「中央公論」に掲載された。彼女の友人のプロレタリア作家宮本百合子が、思想弾圧で初めて検挙されたのがこの年の四月である。翌八年、小林多喜二が警察で虐殺され、地下に潜っていた百合子の夫宮本顕治が検挙された。多喜二が拷問で殺される二年前、昭和六年二月の彌生子の日記から――〈現代日本文学全集の六十二巻目はプロレタリア文学集である。あんまり今までよむ機会のなかつたものをいろ〳〵よんで見る。小林多喜二の蟹工船は立派な作品である。斯うい ふ程度まで行けばどうしてえらいものと云ふべし。〉

「黒い行列」の主要人物の一人は、左翼運動から脱落した転向者の菅野省三で、「若い息子」の主人公の後身といえる。彌生子は、菅野省三が東大の五月祭に行きあわせる場面から書きおこしたが、書きだすと構想がひろがり、予定よりもずっと長い作品にして〈一部分的でなく、真に今の社会を全体的に浮彫りしたやうなものにし度くなつた。〉(日記から)はじめは題を「遠い道」にするつもりであった。《黒い行列》という表現は、「若い息子」の作中、サーベルを腰につけた黒い制服姿の巡査の隊列が若い主人公の目をうってくる場面に出てくる。「黒い行列」を小説の題に決めたとき、彌生子はとり組む主題の手ごたえをつかんだにちがいない。長篇小説にする構想のひろがりにもとづいて、「黒い行列」の続篇「迷路」を一年後に発表した。

「迷路」(昭和十二年十一月「中央公論」)は、前年の二・二六事件から書きおこしている。思想弾圧と言論統制が強まるなかで慎重に筆を進めたであろうが、発表当時の伏字の個所の多さを見ると、時勢の圧力がまざまざとわかる。

彌生子全集に収めた長篇『迷路』は、戦後に改稿した第一部と第二部が上段に、戦前に発表された「黒い行列」と「迷路」が下段に組んであって、上下読みながら照合できる。一例を挙げると、原「迷路」では、二・二六事件のニュースを菅野省三に告げるアパートの主人の「大臣が皆んなやられたんですよ。青年将校が兵隊をつれて行つて、襲撃したんです」の傍線の部分が伏字になっている。作中人物までが、自由にものを言えない時代になったのである。彌生子はこの仕事を〈私の今後の文学的な運命を賭けるものにしたい〉と意気込んでいたが、長篇のつづきを書くことはもはや難しかった。

昭和十三年に入ると、新年早々に彌生子は友人宮本百合子の訪問をうけ、百合子や中野重治、佐多稲子【当時は窪川稲子】らが執筆停止になったことを知らされる。〈まことに困難な時代が来た。もう少し前までは懐疑が良心的であつた。今はわづかに黙つてゐることが良心的だ。否、終に強制の沈黙が来たのである。〉(百合子来訪の日の日記から)

昭和十三年三月、国家総動員法が成立する。四月に警察署から特高が彌生子の書くものを調べに来た。聴取だけで済んだが、彌生子は不快と不安の半日をすごした。昭和六年に共産党に入党した宮本百合子が八年以降、獄中の夫顕治と面会もままならず、彌生子のそれはくらべものにならないとはいえ彼女なりに苦しんだ。彼女は連作長篇を「迷路」で中断したあと随筆や翻訳も入獄がたび重なるなかで精いっぱい活動している苦難と、彌生子のそれはくらべものにならないとはいえ彼女なりに苦しんだ。彼女は連作長篇を「迷路」で中断したあと随筆や翻訳ものを発表するしかなかったが、書きたいものを書けない、全身的な活動を禁じられているということが〈これほど人を空虚にするであらうか〉と、おそれを日記にしるしている。

じっさい、この年の夏に夫の渡欧に同行することが決まるまで半年余りの日記には、〈この頃はなにをするにも精力的でない〉〈少しも精根もない〉〈何をするのもめんどう臭く、おつくうでもの惓い〉といった記述が頻出する。四十代の終りに更年期の肉体的変調の悩みを書きつらねた頃の彼女の日記にも、こんな気力減退は見られない。年齢と関係なく常に意欲旺盛で勤勉そのものの彌生子が、無気力な状態におちこんだのは唯一この時期だけである。彼女が三味線の稽古に凝ったのも、この時期であった。

豊一郎の英国行きが七月中旬に決定したとき、彌生子は例年どおり山荘で夏をすごしていた。彼女は、二年前に豊一郎の渡英の話が出た頃から、彼が入学手続きをしてくれた有楽町の英会話学校に偽名を使って通学し準備していたが、いざとなると同行をためらった。豊一郎には公費の支給がある。しかし彼女はお金の工面からしなくてはならない。そこへ、同じ大学村の山荘仲間の岩波茂雄が現れ、一万円ぐらいの金ならどうにかするから、と申し出て彼女に夫と同行するように勧めた。というより厳命し、今日明日にも東京へ戻り旅行支度にかかれと彼女を急きたてた。公務員の初任給が七十五円の時代の一万円である。こうして、彌生子の渡欧が決まった。

彼女は長旅の準備のなかで初めて洋服を新調し、髪にパーマネントをかけた。彼女は洋服を着たことがない。外遊中もすべて和服で通すつもりでいたのだが、ぜひ訪ねたいエジプトは和服では無理だと経験者に忠告されて従った。

それにしても、彌生子は強運の人である。書きたいものを書けない時勢の圧力で窒息状態になりかかっているときに、夫に同行して渡欧する機会に恵まれ、多額な洋行費用を出してくれる人物まで現れた。岩波茂雄は豊一郎と一高時代からの友人のよしみで、書店をはじめた頃には広告用の畳一畳敷ぐらいの紙の束を野上家にたびたび持込んで、豊一郎に広告を書かせた。彌生子も墨すりに動員された。のちにいわゆる岩波文化人の中枢の一人になった彌生子であるが、もともとは夫を介した岩波との縁で、彼女はここでも有利な条件をよく生かしたといえる。

昭和十三年十月一日、豊一郎と彌生子は東京駅で百人あまりの人びとに見送られて出発、神戸港から船に乗り十月三日に下関港を出帆してアジア経由でヨーロッパへ向かった。「野上氏夫妻〝能〟の壮途へ」の見出しで東京朝日新聞が報じた。豊一郎の渡英はイギリス側の招きによる日本文化講演の継続事業で、矢代幸雄の「美術」、鈴木大拙の「禅」、土居光知の「文学」についで野上豊一郎の「能」は第四回目にあたっていた。

彌生子は、出発の日から帰国するまで一年余りの旅行中も日記を欠かさず書き、ほかに「豆手帖」とよぶ懐中手帖に行く先々で詳細なメモをとって、旅先から海外だよりを「婦人公論」「婦人之友」や朝日新聞に送った。帰国後、戦時中の昭和十七年から翌年にかけて『欧米の旅』上下（岩波書店刊）を上梓した。彼女の知的好奇心と観察力を全開にした、細やかな見聞と考察を通して戦前の欧米の姿が彷彿とする紀行文であるが、ここでは彼女の旅程を大まかにたどるだけにする。

下関を出航してから、上海、シンガポール、ペナンほかアジアの寄港地を経て二十八日目にポートサイドに上陸、古代エジプト文化を二週間余りかけて見学し、次にギリシアを見てまわった。十一月中旬に船でナポリに着き、ローマ留学中の長男素一の出迎えをうける。豊一郎は講演のため単身イギリスへ向かい、彌生子はローマで一と月半すごしてから年末に素一とつれだってロンドンへ行き、親子三人で昭和十四年（一九三九）の正月を迎えた。イギリスに四ヶ月余り滞在する間、豊一郎の大学での講演に彌生子も従いて国内各地を訪ねた。豊一郎には海外に流出した能面と能衣裳をしらべる仕事もあり、五月から夫婦はヨーロッパめぐりの旅に出た。オランダ、スイス、再びイタリア、パリで七月十四日の革命記念日の祭りを見物してドイツへ、ドイツ滞在中にウイーンとブダペストをまわった。

次に訪ねたスペインで開戦の噂が流れ、急遽パリに帰り着いた翌日の九月一日、第二次世界大戦が勃発した。彼女たち夫婦はパリ在住邦人の一行と共にボルドーに集まり、戦時の混乱の中でボルドーに半月余り足どめされてから、引揚船の鹿島丸でイギリス経由でアメリカへ渡った。避難する一行の中に、パリ留学生でのちの評論家中村光夫もいた。アメリカではニューヨーク、ボストン、シカゴなどを訪ね、十一月四日にサンフランシスコを出帆、ホノルル経由で十八日に無事帰国した。

帰国して二年後の昭和十六年十二月八日、日本は真珠湾奇襲攻撃で太平洋戦争［大東亜戦争、と戦時中は称した］に突入した。欧米の旅の体験を通して彌生子には、米英を敵にまわして勝ち目がないことは最初からわかっていた。

彼女はすでに太平洋戦争がはじまる前年に、万一の東京空襲に備え、そのときの避難場所として北軽の山荘で越冬できるように工事を済ませていた。工事用のセメント二十四俵は、郷里臼杵の弟に頼んでとり寄せた。欧州旅行でスペイン戦争の戦跡の瓦礫の荒野を目のあたりに見て、近代戦がどういう結果になるかということを、彼女は身にしみて考えていたのである。彼女の予見はやがて現実のものとなり、彼女たち一家が長年住み暮した日暮里渡辺町の家も空襲で全焼する。

東京に初めて敵機が来襲し爆弾と焼夷弾《しょういだん》を投下したのは、彼女の日記の記録によると昭和十七年四月十八日で、罹災の情況はいっさい報道されず、尾久の軍需工場がやられた、早稲田に焼夷弾が落ちた、と噂がとび交うばかりであった。〈新聞を見ると相変らず偽瞞とヱラガリのみである。〉〈どんな美しい勇ましい言葉を使はうと、日本の名で現在やつてゐることを肯定することは出来ないのだから、私には今日の日本に住む資格はないわけである。〉

戦時中の彌生子は『欧米の旅』を上下二冊にまとめて刊行したのが主な仕事で、創作は無難な身辺小説を書くにとどめた。戦争末期の昭和十九年に発表した小説は、家族のための〈兵站基地〉にする北軽の山荘へ一人で疎開してから書いた「草分」（十二月「文芸」）一篇だけである。大学村の草分の頃を回想した無難そのものの小品であるが、彼女がこの土地の自然と山荘暮しに抱く愛着が、風景描写ひとつにもいきわたっている。

北軽井沢大学村の開村は昭和三年。当時の法政大学学長の松室致が群馬県吾妻郡に所有する土地を、夏の村として法政大の教師と関係者に分譲し、法政大学村と名づけて彌生子たち草分組の山荘が四十軒建った。彌生子は前年の夏に、夫の案内で三人の息子たちと一緒に下検分に来て、浅間山を遠景にして茫漠とつづく原野に野の花が咲きみだれる眺めにすっかり魅了され、開村を心待ちにした。

分譲は一区劃五百坪で一人二区劃まで、一坪一円の地代は薄給の教師たちなので月給袋から月賦で払った。草分の四十軒は、蒲原重雄という優秀な若い建築技師が一軒一軒ちがう様式で設計した。野上家の山荘は、トタン葺の平たい赤屋根が両端でつっ立ち、鳥が翼を張ったような形をしていて、豊一郎が戯れに紅鶴山房と名づけた（彼の没後は鬼女山房と改名）。昭和八年に離室を建て増した。開村当時、どこの家もちっぽけなので〝一円村の鳥カゴ別荘〟というあだ名がついた。

地名は群馬県下の地蔵川。軽井沢から草軽電鉄で約一時間半の駅の名も地蔵川であったが、地蔵川は少し陰気くさい、そして下の軽井沢から北の方角にあるというので、「北軽井沢」と開村の翌年に地名も駅名も改名して、新築の駅舎を草軽電鉄に寄付した。大学村クラブも新築し、食堂や、温泉からひいた浴場やテニスコートなどの設備をそろえた。村会をつくって村長が松室学長、初代の村会議長を豊一郎がつとめ、すべて村会で自治的に処理した。岩波茂雄が開村した夏に遊びに来て、彼もさっそく山荘を建てて岩波関係の学者たちをつぎつぎに誘った。豊一郎の勧誘で、謡の宝生新や劇作家岸田國士も草分の村民であった。

　開村から五、六年経つと、山荘は百数十軒までふえた。一行の新聞広告を出したわけでもなく、人脈と口コミで発展した村である。村の構成メンバーは広い分野の学究が大半を占め、その顔ぶれで一流の綜合大学がらくに実現するといわれた。語学だけでも、ギリシア、イタリア、イギリス、フランス、ドイツ、ロシアなど各国語の先生がぜんぶ揃っていた。村民の顔ぶれにふさわしく、昭和十二年に法政大学村を大学村と改称。彌生子の言葉によると、「なかなか規律の厳粛《しゅく》なピリッとした村」で、六代目菊五郎が入りたいと希望したとき、六代目本人はよいが取巻きやファンが押しかけてきて村が俗化するのは好ましくない、というので断った。

〈知識的な隣人を持ち度いと思ふ。しかし日本では男はしらず女はそんな気をおこしても絶望的である〉（三十九歳の日記から）と諦めていた彌生子の望みを、大学村の生活がみたしてくれた。彼女がつきあった知識人たちは、夫の没後に親交を深めた哲学者田辺元をはじめとしてその多くが、大学村のとりもつ縁である。

　彌生子は、戦時中に一人で疎開する以前から、毎年六月頃から夏が過ぎるまで山荘独居をたのしんでいた。山荘へ出かけるときは、豊一郎が上野駅まで付添って見送るのが長年のきまりになっていた。彼の没後は息子たちがひき継ぎ、茂吉郎か燿三（素一は京都在住）が必ず上野駅まで彼女を送り迎えした。彼女は、自分が死んだらここに葬ってくれと中年の頃から半ば冗談に夫に頼んでいたほど、高原の自然と山荘独居を好んでいた。彼女の、とりわけ戦後の後半期の仕事と生活に、北軽井沢の山荘は重要な役割を占めている。

昭和二十年（一九四五）八月、六十歳の彌生子は疎開先の山荘で敗戦の日を迎えた。

第四章　山荘独居——戦時中の日記から

彌生子が戦後最初に上梓した『山荘記』（生活社刊・日本叢書）は、敗戦の三ヶ月後、昭和二十年十一月に発行された。

小型のB6判三十二ページ（四百字詰原稿用紙五十枚分）の、表紙も本文も同じ粗悪な仙花紙で、三ヶ所をホチキスで留めただけの造りである。初版二万部の稿料を、原稿とひき換えに小切手で受取った、と東京の豊一郎から彌生子に手紙でつたえている。翌年二月に『続山荘記』を同じ叢書で出した。この敗戦直後の、ザラ紙三十二ページの正続二冊に加筆した増訂版を、『山荘記』として改めて昭和二十八年に刊行した。

『山荘記』（暮しの手帖社刊）は、敗戦前後の日記の抜粋に手を加えたもので、期間は昭和十九年十一月三日から一年間にわたる。彌生子の没後に六十二年分の日記が公開されたので、『山荘記』で省いた個所もすべて明らかになった。その一つは、彼女が戦時中に軽井沢署と長野の検事局に呼び出された出来事で、『山荘記』では全文削除されている。

　彌生子の原日記によると、昭和二十年五月十二日に軽井沢署から十三日の出頭を命じるはがきが来た。

　彼女には警察に呼び出されるおぼえはないが、検挙されている湯浅芳子に関することかと臆測する。ロシア文学者湯浅芳子は、若い頃から彌生子のもとに出入りしていて、彌生子の家で宮本百合子と知合い親密になるいきさつが百合子の代表作『伸子』に描かれている。彌生子が軽井沢署に出頭すると、やはり湯浅芳子のことであった。前年に訪ねてきた芳子と時局話になり、もし日本が負けたらアメリカは皇室をどうするだろうと芳子に問われ、千代田公爵家というふうなものを拵えるかもしれない、と彌生子が答えた。それが不敬罪疑惑にひっかかったのである。〈もう一年以上も過ぎた、箇人の私室での、懇意な女との対話の一節が、こんなところへ筒抜けになつて、もんだい視されてゐるのに私は先づおどろいた。〉おそらく湯浅芳子は取調べ室で問い詰められ、彌生子の名を出したのであろう。その日の聴取は半日で済んだ。

　ところが一ヶ月後に、舌禍事件のむし返しで長野の検事局から召喚状が来た。彌生子が、ちょうど来あわせていた次男茂吉郎と一緒に出向くと、検事の訊問は簡単に済んだ。七月になって再び検事局に呼び出された。こんどは大学村の高野山荘の主じ高野岩三郎が同行してくれた。高野岩三郎［統計学の権威。大正期に東大に経済学部を独立させた。戦後の日本放送協会初代会長］は、次男茂吉郎の妻正子の父親である。〈出掛たら三分ですんだ。即ち私に関する限り寛大なとり計らひをしたこと。(理由はいへないが)今後慎しんで貰ひ度いこと。それをいふ為によび出したわけ。〉彼女の縁故がものを言ったのだ。前回の検事局でも検事は通り一ぺんの訊問で、〈あとは穂積重遠のことや、父さんの話になつた。私の環境には十分の理解がある風であつた〉という。

穂積重遠は、父の穂積陳重とともに高名な法学者で男爵であり、二人は彌生子の三男燿三の妻三枝子の伯父と祖父である。さらに三枝子の曾祖父は、明治の大実業家渋沢栄一。すなわち野上家は、息子の結婚により、渋沢一族と穂積男爵の家系につながり、彌生子は穂積三姉妹と親しかった。出自を重んじる彌生子を満足させ、かつ世俗的に威力をもつ縁故である。

戦時中、文学者にかぎってもたくさんの人が検挙拘束されたり、取調べで拷問をうけたりした。それとくらべたら彌生子が警察と検事局に召喚された顚末は、とるに足りないアクシデントで、彼女が『山荘記』以後も秘して公言しなかったのは当然といえるが、このときの体験は戦後の大作『迷路』の作中に生かされた。

『迷路』の「墜落」の章で、主要人物の一人の多津枝が、軽井沢署に呼び出され訊問される。舌禍事件で呼び出されるという設定も、作者彌生子の体験と同じで、多津枝の場合は別荘仲間との会話で前年春に本土上空に現れた敵機ドウリットルについて、「一羽の燕が飛んで来たからには、つぎつぎに現われるのはわかりきったことではないか」と空襲を見越してしゃべったことばが、警察に筒抜けになったのである。多津枝を調べる男や訊問の場面の描写も、彌生子が日記に詳しく書きとめた体験と重なる。彼女はこの敗戦間近な時期の体験から八年後の昭和二十八年に、「墜落」の章を書いた。

彼女が『山荘記』でほかにも省いた個所を、原日記の克明な記述で埋めていくと、生活条件や人脈に恵まれた彼女の疎開暮しの全貌が現れる。

彌生子は、原日記によると昭和十九年十一月に山荘から一時帰京して、連日の空襲警報の合い間に、大学勤務の豊一郎を日暮里の家から成城の三男夫婦と同居させるための引越しを済ませ、家財道具などを山荘へ送って、単身疎開に踏みきった。役所の疎開証明がないと荷物は送れない。大混雑の疎開証明の手続きに、ふつうは一ヶ月ぐらいかかる。申告が済み、荷造りしても運送屋が来るのにまたかなりの日数待たされる。しかし彌生子はなりふりかまわずコネとカネを使い、ワイロを担当者の〈机のヒキダシに突っこんだ〉早技もやってのけて、わずか四日でぐいぐいと仕遂げた。

〈私のかうした政治性は、浜町［臼杵の生家の所在地］の父の遺伝である〉と日記で自負している。送った疎開荷物を駅から大学村まで運ぶさいには、ぐずぐず文句を言う地元の男に彼女はカンカンになって〈本気に大きな声で渡りあつて〉、駅にまだそのままになっていた荷物はすぐさま荷馬車で運ばれてきた。

彼女は、家族や親しい人の避難所を担う考えで疎開した山荘の生活でも、逞しい才覚を発揮する。大学村の冬期滞在人会を彼女が中心になってつくり、越冬用の燃料と野菜の共同購入を実行、同時に彼女は自宅用の食料の入手ルートもいち早く確保した。主食と調味料は、郷里臼杵の醸造業の弟からとり寄せ、大学村近辺の手づるでヤミ物資の玉子や肉や小豆やじゃがいもなどをふんだんに買いこむ。ここでもコネとカネを抜け目なく生かした。

彼女は、大学村に疎開者がふえた敗戦間近な時期に、《おそらく、「北軽」でうちほど食べものに恵まれてゐる家はありますまい》と夫へ書き送っている。特権的な便宜で、臼杵の弟からつぎつぎにお金も手間もかからずに届く食料は、白米、麦、醤油と味噌と酒かすがそれぞれ二斗樽にいっぱい、あげ油、餅、メリケン粉、塩、大缶にぎっちり詰まったサッカリン……こうして原日記からほんの一部分抜き書きしただけでも、耐乏時代とは思えない潤沢さである。そして夫豊一郎が東京から来るたびに、牛肉のすき焼きや砂糖入りのお汁粉をつくり、特上の白米の握りめしを弁当に持たせる。〈東京の主食の配給事情はます〳〵ひどくなりつつある〉という敗戦翌年の春、野上山荘には米麦三俵と米粉麦粉の〈大したストック〉があった。当時の彼女の日記に見る食生活は、敗戦のとき十歳の疎開児童であった私が、今でも記憶に刻みつけている食料難のひもじい体験とは別世界である。

彌生子は増訂版『山荘記』の「あとがき」で、戦争に絶望感をもちながらどうすることもできず、嶮しい現実に耐え得ない気持から自然への没入と乱読に遁避した、と顧みていて、そのとおり自然と読書に関する記述が多い。《もう黄昏になつて、灰紫に暮れかけた浅間の頂上には、一摘まみの、まるい薔薇色の煙が、婦人帽の飾り花のやうについてゐる。》こうしたこまやかな自然描写が『山荘記』にも随所に出てくるが、同じ頃に連日連夜の空襲で命からがら逃げまどう体験をした人たちからすればこれも別世界である。

昭和二十年四月の空襲で、彼女が疎開し夫が成城へ移ったあと岩波書店に貸していた東京日暮里の家は、蔵書もろとも焼失した。電報で知らされた彼女は、来るべき運命が来た、と冷静にうけとめ、焼失によって入る保険金の額を計算して《火事成金になつたわけである。呵々。ぐちは一切いはないことにしよう》と、『山荘記』で公表している。

彼女は、次男の岳父高野岩三郎や岩波茂雄たちから入る情報で、一般庶民に知らされていない戦局の真相を知り得ていたので、敗戦を告げる八月十五日のラジオ放送を聴いたときも〈五年間の大バクチはすつからかんの負けで終つたわけである〉と醒めていた。

彌生子の戦時中の日記には、日本が敗色濃厚になる前、つまり『山荘記』の時期にかかる以前から、戦争否定と軍部批判が頻出する。彼女は、「軍のお先棒をいちどもかつがなかったということだけは、わたくしのいままでの一生に、たったひとつのとりえ」と徳川夢声との対談「問答有用」でも公言している。

戦時中、現役作家たちの大半が国策に協力あるいは妥協した。佐多稲子の場合は、プロレタリア作家として非合法活動に加わり警察に何回もつかまったが、戦時中は従軍作家の一員になって戦地慰問で中国各地や南方をまわった。戦後、佐多稲子は戦争責任で苦しんだ。彼女は、従軍の誘いに乗った自分の弱さを認めて語っている。

「私の場合にはずいぶん考えもし、悩みもしたんですけれど、隣近所の中で孤立していくということがこわいということがあるのです。警察の弾圧よりも……。そこで迎合的になるんですね。私なんか長屋で暮していたみたいなもんですから。」「私はつかまってもいるし、だからあそこはああいううちだということはわかっているわけです。そういう中で、隣近所から毎日のように赤紙で出征していくでしょう。そういう雰囲気の中で超然としてられなくなるんですよ。」（『座談会 昭和文壇史』野口冨士男編）

『座談会 昭和文壇史』の中に、河盛好蔵の次のような発言もある。

「日本は国外に逃げようにも逃げられない、亡命できない国でしょう。ですから、戦争中に協力しなかったら、食っていけないもの。」

　彌生子が時流に靡《なび》かず節を曲げずに、戦争否定を貫き日本ファシズムに対して批判をつづけた勁さと英知を認めたうえで、彼女の反戦が、孤立のおそれも生計の心配もなく疎開先では《自然への没入と乱読》に遁避できる、という特権的な境遇にガードされていた事実を、けっして見落としてはならない。

『山荘記』は、原型の日記から抜粋し、削除と手直しが行われていてもなお、特権階級の疎開生活者の日記である。「あとがき」で彌生子は、この日記を公けにするのは、また戦争になってこんな私録を書くような日が二度とあってはならないとの思いからだ、と読者に訴えている。

　しかし『山荘記』が刊行された当時の一般読者には、野上彌生子の意図を汲むより先に、あの非常時にこれほど太平楽に暮した人がいたのか、と反撥を感じる人たちも多かったにちがいない。もし私が当時オトナであれば反撥したであろう。「あとがき」は、彼女が特権的位置に無自覚であるとしかうけとれない。戦火も飢えも傍観して読書三昧の山荘独居で、東京で本土決戦がいわれている時期に《孤独と静寂が愉しみ》などとしるした疎開日記を、まだ戦争の傷や生活難がつづいている戦後八年目に増補した改訂版を出版するとは、顧慮を欠いている。言いかえれば、右顧左眄《うこさべん》しない図太さだ。それが彼女の強みであって、揺るがず迷わず悠々と年月をかけて『迷路』のような大きな仕事を成し遂げることができたのであろう。

彌生子は疎開生活に入る半年前に、書物を先に山荘へ送っていた。蔵書の疎開は断念し、全部で約七百冊の岩波文庫だけを、重量制限の一貫目（三・七五キログラム）二十四、五冊ずつの小包みにして順に送った。おかげで疎開中も広い分野の読書に不自由しなかった。『山荘記』に乱読のごく一部を引いているが、原日記にはつぎつぎに岩波文庫で読み直した外国文学や他の分野の書名が、感想とあわせて並んでいる。この疎開中の、長篇小説を中心とした外国文学の乱読もまた彌生子流にいえば〈成長の糧〉となって、戦後の後半期の彼女が、西欧型の本格小説を目ざし長篇小説作家として大きく伸びる力を助けたと思われる。

彌生子は、昭和二十三年に東京に夫婦で住む家を買うまで、山荘独居をつづけた。

敗戦の年の十月に友人宮本百合子から手紙で、夫の宮本顕治が治安維持法の撤廃で出獄し、十二年ぶりに彼女のもとへ帰ってきたという知らせと併せて、百合子たちが創立する新日本文学会の発起人か賛助員になってくれと要請があった。彌生子は返信に、《「発起人」ちつとも困まりはしませんが、いつも『眺める人』であつた私にはその資格のない事をむしろ恥ぢます》としたためた。そして賛助員を受諾し、翌昭和二十一年三月「新日本文学」創刊号に、随筆「まるい卵」を寄せた。まるい卵を無理に四角だと言わされた時代には、書きたくても書けなかった彌生子自身の戦時中の一つの滑稽な日常体験を通して、言論の大切さに及んでいる随筆で、面白く読ませる。言論弾圧から解放されて気負いと熱気に沸く当時の風潮に、おちついた平常心で対している彌生子の姿勢がよくわかる筆致である。

彌生子は時流に乗らず惑わされず《眺める人》の立場を、戦後もつねに保ちながら、時事的、政治的発言を活発に随筆や評論で行なっていく。昭和二十二年三月からはじめた「婦人公論」の巻頭言は、三十二年まで長期にわたって書きつづける。

「まるい卵」の次に、同年四月「婦人公論」に「政治への開眼――若き友へ」を寄稿した。彌生子の戦後最初の評論で、彼女が好んで用いる書簡体で若き友の「あなた」（宮本百合子、と文意からわかる）へ宛てて書かれている。この評論の中で彌生子は、《当然貰へるのに今日まで貰へなかつた参政権を獲得したのは、すべての婦人の大きな悦びに相違ありません》としながら、しかし《一般の婦人の幼稚な政治意識からすれば、折角の権利も間違つた使ひ方をされる危険があります。戦後の変態として、女の有権者が男よりも三百万近くも多いといふ今度の選挙に於いては、取りわけこれは重大な問題で、今更に婦人の政治教育の欠如が痛感されます》と直言した。

戦後、表て向きは男女平等の時代になったものの、政治教育とかぎらず一般の女が男におくれをとっている実情のなかで、彌生子は教養と見識をそなえた女性文学者として雑誌新聞から発言を求められた。アメリカの占領下でGHQの検閲をうける出版界が、戦争に協力したいわゆる戦犯作家を避けて使わないという事情も加わり、彌生子のもとには執筆の依頼が絶えなかった。〈これを一ち〳〵引き受けたら、大きなものなぞ書ける筈はない。〉〈どっしりと落ちついて、よいものを書くことが今は一番大切なことである。〉（六十一歳の日記から）彼女には、戦争で余儀なく中断したままの長篇小説があった。

戦後の彌生子が長篇『迷路』にとりくむまでに書いた小説は、〝北軽もの〟と彼女がよぶ一連の作品（各篇は百枚前後）で、北軽井沢の戦中戦後の山荘生活とその周辺を題材にしている。

北軽ものの一つ「神様」（昭和二十二年一月「新潮」）を、中野好夫、青野季吉、伊藤整が、「群像」創作合評でこてんぱんに酷評した。《中野　宮本［百合子］氏の「風知草」と「二つの庭」、これとすぐ対照されて読まれたのは野上弥生子氏の「神様」（新潮）ですが、これはいちばん不愉快な……。／青野　退屈で退屈で……。／伊藤　僕も全部読まなかつた》とまず三人口をそろえ、青野季吉も『二つの庭』を褒めてから、「神様」のほうは自分の別荘地帯のプチブル生活を実に安易にいい気持で書いて、と批判している。

「神様」の生ま原稿も、豊一郎がいつもどおりまず目を通し、担当編集者に今手渡したとさっそく山荘の彌生子に報告している。その手紙で《「神様」所感——初めの三分の一はあまり気のりがしないで読んだが、途中から筆力が加はつて、殊に後半は頗るよいではないか》と合格点をつけている。不出来な小説でも、褒めようと思えば取り柄は見つかる。豊一郎は褒めじょうずで点が甘い。彌生子の日記では、「群像」の合評会で〈「神様」をさん〴〵やっつけてゐる。百合子ちゃんの「二つの庭」との比較論として。まるで違つた意図で書いてゐるものを一緒にしてゐるのだから困まる〉と軽く片づけている。

彌生子の創作意欲は戦後すぐから〈大きなもの〉を目ざしていたが、戦争中は「文芸」に発表した随筆ふうの「草分」をさいごに書いていない。ブランクのあと、いきなり大きな小説にとりかかるのは彌生子でなくても難しい。北軽ものはウォーミングアップにすぎない、と長篇『迷路』の執筆が具体化してから彼女は親しい編集者に手紙で洩らしている。ウォーミングアップと思えば合評で酷評されてもこたえなかったにせよ、若い友人（十四歳年下）の宮本百合子の長篇『二つの庭』と比較され、彌生子は念願の長篇小説にかける意欲を強めたことであろう。かつて二十代の百合子が長篇第一作『伸子』を発表したとき、〈友情は友情、競争心は競争心だ〉と日記にしるし、自分も初めての長篇『真知子』を書きあげた彌生子である。

彼女は、昭和二十一年春に帰京して夫が三男夫婦と同居している成城の家に滞在した折、宮本百合子と久しぶりに会った。百合子を本郷駒込林町の実家に訪ねて、〈持つて行つたパンと米粉のおモチに拵へてくれた玉子のメダマ焼でおヒルを倶にして〉二人で語り合った。二十一年当時四十七歳の百合子は、《顕治は無事手許に戻ったし、日本共産党は満帆に敗戦気流の追風をうけて旗上げできたし、彼女は獅子奮迅の勢いで、党と文学と顕治のために働いた》（平林たい子『宮本百合子』）という時期である。文筆活動だけ見ても、長篇『播州平野』『風知草』の小説二作を月刊誌に連載し完成したほか、この年に新聞雑誌に執筆したものは五十篇にのぼる。翌二十二年新年号「中央公論」に、代表作『伸子』の続篇にあたる『二つの庭』の連載を始めて八月に完成、つづけて『道標』第一部（「展望」連載）にかかる。

彌生子は百合子の小説を掲載誌で必ず読んで、その都度きびしい寸評を日記にしるしながらも、〈とにかくかう書けるのはえらい。些か羨望をかんずる〉と脱帽している。百合子の『二つの庭』連載中に、彌生子は「黒い行列」「迷路」のつづきを「世界」に載せる話が決まり、いよいよ長篇小説に着手することになった。

岩波書店の綜合雑誌「世界」は昭和二十一年一月創刊で、監修安倍能成、編集長が吉野源三郎。吉野は、創刊号から四十年一月号まで長く「世界」の編集長をつとめる。書店主の岩波茂雄は、「世界」創刊の年に亡くなった。

彌生子は、長篇小説の題を『迷路』ときめて、まず戦前に発表した「黒い行列」と続篇「迷路」の全面的な改稿を二十二年夏からはじめた。同年十月には、岩波の二代目店主の雄二郎が野上山荘まで出向いてきた。そして彌生子と相談のうえで、まず改作を『迷路』の第一部第二部として岩波から単行本で出し、続きの新作を「世界」に連載する、という彌生子にはねがってもない好条件で話が決まった。岩波雄二郎は、店主になっても彌生子が「雄二ちゃん」と呼ぶ間柄である。彼女は『迷路』にかける意気込みを夫へ書き送った。《とにかくもう金とり仕事で急ぐより、死んでも残りうるもののみに専念すべき時期に達してゐると私は信じます。》

彼女は戦中戦後の生活難時代にも恵まれていたとはいえ、彼女なりに揉まれて、金とり仕い事もこなす生活者になった。つねに女中さん二人を置いて〈よい召使だけは、何に代へても保存しておかなければならない〉（四十代の日記から）という箱入り奥さまではいられないご時世に変り、「お金のために書いたことはない」（五十代の発言）と超然としてもいられなくなって、彼女が自認する父の遺伝の政治性と商魂が顕われてきた。豊一郎が昭和二十年秋に法政大の次期学長と目された時期には、彼女は学内人事に介入してあれこれ山荘から書き送り、《こんな事には、私は浜町の父の血が働く自信があります》と見得を切っている。計算高くなったのも父ゆずりの彼女の本性であろう。

疎開以降の彼女の日記や夫婦の往復書簡集『山荘往来』には、損得がらみの記述が顕著になる。一例を引く。旧作『真知子』が戦後に文藝春秋新社から刊行されるとき、彼女の〝東京出張事務所〟の役を受持つ豊一郎へ、彼女は《真知子の印税一割は少いと思ひます。新しいのは一割五分古ものは一割三分が普通。でなければ、よそへやるといつて下さい　新潮にやつても野田［東京出版の社員］でもよろしく候》と待ったをかける。夫の返信は《「真知子」の印税一割は古いものだから僕はそれでもよからうと思つたが（略）此次逢つた時［文春の担当者に］訂正して置く。》そして『真知子』が昭和二十二年九月に文藝春秋新社から出ると、彼女は《約束通りなら一万刷り、印税は一割。その代はり税を向ふでもつ筈です。いづれ印税は学校［法政大学］へ持参かと存じますので、その点お忘れなく御交渉下さいまし》と夫に指図している。

彌生子は、戦後まもない昭和二十年秋に、『山荘記』（生活社刊）の原稿とひき換えに入る稿料と『コルネリの幸福』（戦時中の翻訳）の出版で得る印税を計算して日記に書きつけ、〈この二つで私の本年度の収入は十分である。しかし帰朝するS［素一］の家政をおもひ、また学生々活に戻るY［燿三］の家政を思ふと、可なりな金を用意しておかなければならない〉としるしている。彼女が稼ぎにさとくなったのは、まずこうした事情による。息子たちのためである。

三人の息子たちが成人してからも、彌生子はわが子のこととなると、雌鳥が猛然と羽根をふくらませるように躍起になる母親だ。戦時中は、息子たちの兵役のがれの方策に、夫婦であらゆるコネをつかい八方手をつくした。そのありさまが日記と手紙からわかる。長男素一を留学先のイタリアにとどめて就職させるために奔走し、三男燿三を〈兵役カンケイから云つても非常に有利〉な海軍技術研究所に入れた。戦争が終ったとき「もう、これで若い人たちが犬死にしないですむ。よかった、よかった」と彌生子が言うのを、山荘に居あわせた姪が聞いている。戦時中の彌生子は、〈子どものためならなんでもする〉〈母親といふことでゆるされる〉という彼女の日頃の信念にもとづく行動で、息子たちを犬死にから守った。敗戦のとき、イタリア在住の素一は三十五歳、茂吉郎は九大助教授で三十二歳、燿三は海軍技術大尉で二十七歳である。

素一は、ローマで結婚したハンガリー人の妻マルギットと幼い娘ミション［日本名光子］を伴って、敗戦の年の十二月に帰国した。就職はこんども彌生子と豊一郎の尽力で京都大学のポストが用意されていたが、マルギットが敗戦直後の日本に失望し、生き別れの母を探しにヨーロッパへ戻りたいと望んで、帰国そうそうに離婚話がもちあがった。素一は京都へ単身赴任した。彼には妻子にみれんがあって、別れ話は長びいた。

彌生子は、息子素一の将来のために最初から離婚に賛成で、《こんな女との繋がりは、Sの一生の不運ですから、この際断乎と手を切ること、ミションも渡すこと》と夫にも手紙で主張する。ミションをマルギットに渡して協議離婚が成立するまでの足掛け三年、日記や夫宛の手紙に見る彌生子は、息子可愛さのエゴイズムと、意地悪な姑根性が丸出しで、手におえない感じだ。夫が手紙で《マルギットが悪人といふではなし、皆戦争の為めの異変だからもつといたはつてよく親切に導いてやらねばいけないね》と窘めても、聞く耳をもたない。素一と孫娘ミション［愛称ミションカ］が山荘に滞在するぶんにはいいが、マルギットが来ると〈侵入〉と書く。山荘に泊ったマルギットに汚れたタオルを貸し与え、それを使用しない彼女に〈私は自分で洗つたらよからうといつてやつて、打つちやつておいた。今朝はミシヨンカの前掛で顔を拭いたさうな。私はやつぱり自分で洗へといつてやつたら、洗つても乾かない云ゝ——といつて鼻をすすりあげた。〉

そして彌生子は素一の離婚後、《Sに再婚の意さへあれば、私が今後は積極的によめ探しにのりだします》（知人宛の手紙）と明言し、実行した。夫の没後のことになるが、彼女が探して選んだ素一の再婚相手は、もとは千万長者で今は〝斜陽族〟の、渋沢一族の家柄の戦争未亡人である。次男と三男の結婚相手の縁故は前に紹介したとおりで、もちろん彌生子のめがねにかなった嫁たちであった。

三男燿三は、敗戦の翌年に東大理学部に合格して学生生活に戻った。彼にも、京都の素一にも彌生子はすすんで金銭の援助をつづけた。〈子供にはなりたけスネをかぢらせる方針〉で、その代り他人にアタマをさげないで済むようにさせる、という考えを知人にも披瀝して勧めている。

彌生子はこうして息子たちの身の振り方に心をくだいたが、戦後二年過ぎても下山して夫婦同居の生活に戻ろうとしなかった。豊一郎は三男夫婦と同居をつづけた。住宅事情が最悪の時代であったとはいえ、彼女の才覚と実行力をもってすれば帰京して夫と一緒に住める筈であるが、彼女は望まなかった。

もともと大好きな北軽に、一人で疎開して以来、山荘独居は彼女にとって最良のものとなった。日記に頻出する独居礼讃のなかからひろってみる。まず、疎開して最初の正月、夫が年末から来山し約半月滞在して東京へ帰った日、〈さあ、これからはまた独居の自由なたのしい生活に帰る。仕事もしなければならない。〉

翌二十一年正月も夫が半月滞在、〈父さんの来山中は独居のやうに行かぬ事は十二分に覚悟してゐる事ながら、実に雑用が多いので、時〻気がしづむ。書きものも今月しめきりのものは全部断念しなければならぬ。〉〈支那の家庭生活にはいろいろ学ぶべき合理的なものがある。最初に結婚した第一夫人の外に、第二、第三の夫人が漸次に出来るのは、亭主がそれをコントロールするアビリチさへあれば中々よいことだ。性的魅力を失つた老夫婦が口小言をいひ〱暮らしてゐるより、若い精力のある第何夫人かに老ひたる亭主を世話させ、家の実権だけを握つて君臨するのはわるくない。殊に私のやうなものには。〉それでも夫が発つのを見送るときには、涙がにじむほどセンチメンタルになる。〈かうした別居はお互ひの大事を一層深く思ひ知る方法でもある。私も自分一人の自由を欲するが、彼も私のゐない方が好きな生き方が出来るだらう。〉

長篇小説『迷路』の執筆が具体化して、二十二年以降まず旧作「黒い行列」と「迷路」の改稿にかかると、山荘独居はなおさら大切な環境になった。〈ひとり静かに住み、思ひ、書く生活以外には生活ではない。〉困った癖がついてしまった、と彼女は付記しているけれど、独居の暮し心地を一度知ってしまうと〈何ものにも換へがたいもの〉になるのは、野上彌生子と並べてはおこがましいが私も体験からよくわかる。もし東京生活を時どきはさむとしても、その間は骨の折れる机仕事はとてもできないと彼女は思った。

彼女が、時どき帰京するのも先のことにして「迷路」の改作に没頭していた昭和二十三年二月に、机仕事の日課をくつがえす出来事が起きた。夫豊一郎が倒れたのである。彼女は燿三から手紙で知らされた。その手紙二通（二月十二日付と十六日付）と、燿三の妻三枝子の看病日記の一部が、彌生子全集第Ⅱ期の月報に収録されている。それによると――

豊一郎は、二月十日午後三時半頃に法政大からの帰途新宿駅で気分が悪くなり、駅の車掌室で休んでから、小田急線に乗って成城の家に帰り着いたのは夜七時、帰宅後に頭痛を訴え嘔吐数回。来診した近所の医者は、原因は過労で脳溢血の危険はない、と診断して安静を命じた。中二日おいた十三日、豊一郎が旧知の医師中川正儀の診察を望んで、同医師を川崎から呼び、クモ膜下出血の軽いものと診断された。血圧が二百六十もあるので三百グラム瀉血、その応急処置により頭痛と不眠がやっと少しおさまった。中川医師は画家中川一政の弟で、一政は豊一郎が法政大に勤める以前の錦城中学時代の教え子でその後も野上家と親交がつづいていた。

中川医師の来診と病人のその後を知らせる燿三の十六日付第二信に、《お母様に上京して戴くかどうかは、お父様と御相談して見ました。看病の方は、こちらに手が揃つてゐますから、大丈夫ですが、お母様が心配で帰られると云ふのなら別に止めはしないと云ふ事でした》とある。北軽から仕事を中断して来るほどのことかどうか、と燿三の私見も書き添えている。

文面から、彌生子優位の家族関係が窺いとれる。と同時に、病人も家族も病状を危険視していないようすがわかる。一般に病気に関する知識や医療法が今ほど進んでいなかった当時としては、しかたがない。豊一郎が発作に襲われたとき、今であれば新宿駅から救急車で病院へ直行している。

川崎から来診して救急処置を施した医師中川正儀は、彌生子へ宛てた二月十六日付の手紙（全集第Ⅱ期月報所載）で、単刀直入に切実に訴えている。《私はかへりみち自転車で多摩川ぞひを下りながら、先生に、も一つのおうちがあつたらと思つた、どこかに家があつて、いまの燿三さんのか市河さん［英語学者市河三喜、燿三の妻三枝子の父］のおうち位の、それに庭だけは広い方がよいのだが、お二人が、ごいつしよにくらすにかつこうな家。／これはいつか先生とはなしあつたことがあつた。／私はそのうちおくさんが北かるからこちらへ引上げてこられることをおまちしてゐます。そして先生のおそばで看病して下さることをのぞみます。そしてこれからの生活の設計を更めてお考へになることが必要だと思つております。》

燿三の手紙二通はどちらも速達便であるが日数がかかって、「フミミタカ」の電報といっしょに二月十九日に彌生子は受取り、翌日すぐ帰京した。北軽を二十日午前の電車で発ち、軽井沢経由で夜七時過ぎに上野に着いた。燿三が改札口で出迎えた。

病床の豊一郎は、本心では彼女の帰りを待ち望んでいた。彼女の日記によると、二十一日夜、マグロと卵の握り寿司を拵えると彼は美味しがって十近く食べ、ほうれん草と豆腐のおつゆ二杯、カレイの細づくりとマグロの刺身もうまそうに食べて、病気になってから初めて盛んな食欲をみせた。この一事をもってしても、彼が妻の顔を見てどれほどほっとして嬉しかったか察しがつく。その後順調に快方に向かい、三月中旬には起き上って庭を歩くまでになった。中川医師が往診をつづけた。豊一郎は、三月末の法政大卒業式に出席して総長の公務に復帰した。

彼の公務復帰に先立つ三月二十日、夫婦で近所を散歩した午後に、角地の家が売りに出ているることを知った。彌生子は夫のこんどの発病で、東京に家を持つことを本気で考えはじめた矢先であった。見舞に来た法政大の関係者から、豊一郎を病気にしたのは法政ではなく、奥さんがいないからだと言われてもいた。

彼女は、豊一郎の躊躇を振り切って、角地の家を買うことを決めた。成城町二十番地、土地五百八十七坪（借地）、建坪四十二・五坪、和洋九室の洋館二階建ての邸宅である。先方の言い値百万円を、彌生子は父ゆずりの商魂で七十五万円から切り出して、九十万円で買った。山荘をひきあげて入居するのはひと夏過ぎた九月であるが、彼女はロトンダ（円形の広間）のあるこの古い美しい家がすっかり気に入って満足しながら、彼女らしく気持をひき締めている。〈ただ老をたのしみ、生活をたのしむ為にある家ではなく、仕事の場所として役立たせることを第一義にし度い。〉（引越直後の日記から）

彌生子は成城の家に、六十三歳から三十七年間住み暮してこの家で亡くなった。彼女の没後、ロトンダのある家は彼女の生地大分県臼杵に移築され保存されている。

豊一郎が倒れた昭和二十三年春に話を返す。彼が法政大の卒業式に出席して総長のつとめに復帰すると、彌生子は大学のスタッフを招いて快気祝いの宴を催し、邸宅購入の段取りをつけ、宮本百合子にも会ってから、五月四日に北軽へ帰った。夫の看病にいそしんだ二ヶ月余りの間、自分の仕事は「婦人公論」の巻頭言の執筆と、単行本『迷路』第一部（「黒い行列」の改作）の校正を見るだけであったが、豊一郎の発病と恢復、東京に家を持つことの実現、そして四月には素一とマルギットの協議離婚の手続きの完了、と彼女が自分たちの生活の重大なターニングポイントになったと認める帰京であった。

山荘独居に戻ると彼女はさっそく机仕事の日課に励み、中断していた「迷路」の改作（長篇『迷路』第二部）を五月末に書きあげた。半ピラ（二百字）四百三十二枚の生ま原稿を、従来どおり夫豊一郎へ送り、病みあがりの彼に、これも従来と変りなく《Y〔燿三〕にもよませ、二人のシンラッツな御批評を待ちます》と頼んでいる。

第五章　『迷路』——夫豊一郎逝く

『迷路』は、第三部第四部の刊行（昭和二十七年）にあたり作者彌生子が、はじめに考えたものより構成がだんだん拡大したと付記しているとおり、全六部の壮大な社会小説になった。戦後に改作した第一部第二部（昭和二十三年刊）の「はしがき」から——《千九百三十二三年—昭和七八年—頃の日本に於ける学生の左翼運動は、或る観点からすれば一種の精神運動であつた、と私は信ずる。その渦に身を投じ、結句失敗者として弾きだされたこの作品の若い主人公が、その後の日本とともに歩いた悩みの多い困苦の道を、私はまた彼とともに歩かなければならない。》

主人公菅野省三が、昭和十年（一九三五）の東大五月祭に行きあわせた場面から小説がはじまり、日本が軍国主義の道を突き進んで末路にいたるまでの昭和十年代を、若い主人公の良心の彷徨とともに描いていく。菅野省三は、昭和初年の左翼運動に参加した学生の一人で、退学になり、捕えられてあえなく転向した脱落者、「はしがき」の作者の表現によれば失敗者である。省三たち若い世代の男女と、彼らとは年齢も地位も対照的な政界財界の大物や華族など権力と金力を持つ上層階級の人びとが登場し、それぞれの立場から軍国主義日本の社会を照らし出す。反戦を主題にして、日本の一つの時代を重層的に描いた大作である。

彌生子は『迷路』執筆中のエッセイに、《現実は、身辺小説や短篇には到底もりきれない種々相をもつて私たちを取り巻いている》（「山窓独語」）と述べ、西欧の本格的な近代小説、とりわけイギリス小説から学び吸収したものをこの小説に注いだ。

『迷路』が完結してから、私は岩波文庫全四冊で初めて読んだ。何の予備知識も持たずに一冊目を読み、読みだすとやめられない面白さで続きの三冊も大急ぎで買って読んだのを憶えている。

著作年表によると、昭和三十一年に『迷路』が雑誌「世界」で完結した直後に最終巻の第六部が刊行され、三十三年に岩波文庫四冊に収められた。私は、その後に上下二冊になった岩波文庫を手元に置いて折にふれて読みかえすが、全体を通して読んでロマンを堪能するばかりでなく、全三十五章の中のどこか一章を拾い読みしてもひきこまれ、思わず読みふけってしまう。優れた小説が持つ、褪せない魅力がある。優れた小説に共通する、作者の意図を超えた豊かさ面白さがある。

これだけ長大な小説の、どこの部分をとっても描き方に粗密のむらがなく、緻密な文体に弛みがまじらない。この充実の持続は、第一に反戦という主題を揺るぎなく貫く作者の姿勢からきているのであろう。さらにまた、書きあげるまで長い年月をかけながら終始一貫した密度は、一日半ピラ五枚がマキシマム、という彌生子の執筆の速度も大いに関係しているとみてよい。毎日、丹念に筬《おさ》を打ちこみ数ミリずつ織りあげていくような仕事ぶりで、じっさい、すみずみまで目のつんだ巨大なタペストリーを思わせる作柄である。欧文脈の文章は描写も叙述もびっしりと精細で、したがって流露感やリズムがない。彌生子の文章は音楽性を欠く。そのかわりに持っている知的な明晰さ、そして長篇の細部まで手抜きをしない筆力は抜群である。

菅野省三を中心として、親しい友人の小田と木津、幼な馴染みの多津枝、のちに省三の妻になる万里子など若い主要人物が、まず導入部で描かれる。東京と軽井沢と、省三が行き来する郷里の九州南部の城下町由木を舞台にして、戦時下の若い男女たちの愛と死、時代を動かす支配層の生態を、多面的にとらえながらスケールの大きな小説世界が展開する。

多津枝の父の政治家垂水重太と、万里子の養父の実業家増井礼三は、省三と同郷の由木の出身、そして省三を肉欲の誘惑で悩ませる人妻三保子は、由木の旧藩主阿藤子爵夫人である。もちろんすべてフィクションの人物であるが、由木という架空の地名の城下町は、彌生子の故郷大分県の臼杵をモデルにしている。彼女が随筆にも書いている臼杵の風土や地元の政争が作中に生かされ、主人公省三が由木の酒造家の次男という設定で、彌生子の生家小手川酒造の暮しぶりがこまやかに描かれている。増井万里子の意識にくり返しうかぶ《青く光る海》のイメージは、海辺の町臼杵で生まれ育った彌生子が抱いている原風景であろう。

万里子は、戦後に改作した『迷路』第一部に新しく現れた主要人物で、実業家増井の亡兄が米国でスコットランド系の女性との間に残した混血の娘である。万里子は戦後の改作第一部に新たに挿入した「小さい顔」の章に、十七歳の無口な少女で登場し、彼女のお姉さん格で華かな多津枝のかたわらにひかえている。やがて万里子は省三への愛にめざめ、彼と結婚して、幼いころから夢みていた《青く光る海》のある暮しを彼の郷里の由木でかなえる。しかし若い夫婦の愛と平穏にみちた日常は長くはつづかない。省三に召集令状がきて、彼は「行かないで」「死なないで」と人目もかまわず涙をながす妻万里子を由木にのこして出征し、中国の戦地へ向かう。

万里子は結婚後も無口でおとなしい一方、こうと思えば自由にまっ正直に振舞って、当時の社会で日本人の若い女性にはできない言動で戦争への憎しみや抵抗を卒直に表わす。この混血の万里子の、清純で芯のつよい人間像は、ファシズムの暗雲のたちこめる作品世界の中で希望をはらんだ明るさを放つ。作者の筆は、万里子のちょっとした表情まで慈しんでとらえている。作中にはさまざまな年齢と階層の女性たちが登場するが、作者からこんなに優しいあつかいをうけている人物はほかにいない。それもあって私は、作者彌生子の孫娘ミションの存在が、戦後の改作で新しく万里子を創りだす種子になったと推察する。彌生子は母親のエゴイズムで、長男素一をマルギットと離婚させ、彼のお荷物になるミションもマルギットに渡したが、薄情に割りきって済ませたわけではあるまい。彼女がフィクションの作中人物万里子の造型に、混血の幼い孫娘にかける思いや情味も託している、というふうに感じるのは私の深読みであろうか。

主人公の省三と対《つい》をなす主役級の女性は、垂水多津枝である。遠縁で幼な馴染みの二人は、兄妹よりは色の濃い、恋人同士にしては淡泊な愛情を保っている。

誇り高い、怖いもの知らずの多津枝にも怖いものが二つあって、それは《貧乏になることと、もう一つは、美しくなくなることであった。》多津枝は、万里子の純な愛のめざめを鋭敏に見抜いて省三との結婚に力を貸すが、彼女自身は愛も夢もない結婚を選び、稲生財閥の御曹子の国彦と結婚して富と奢侈にとりまかれた生活を送る。彼女の父垂水重太は、陸軍大臣の東条英機が首相になると入閣した。小説の後半、多津枝が舌禍事件で軽井沢署に召喚されると、父の垂水はすぐさま彼女を遠ざける策を講じ、彼女は夫国彦と共に上海へ向かうが、二人を乗せた飛行機が墜落して夫婦は遭難死する。

彌生子が戦時中に舌禍事件で軽井沢署に呼び出された出来事が、『迷路』の「墜落」の章にそっくり使われていることは前にしるしたが、多津枝がヨーロッパ旅行でスペイン内戦の跡を見て近代戦の壊滅力を思い知らされ、軽井沢の別荘を戦時の避難用に改修工事する、これも彌生子の体験と同じである。そして多津枝に言わせている。

「防空壕もいまに作るわ。食べものだって、二三年は困らないほど貯めこむつもりよ。これを金持ちの特権意識だって攻撃するなら、いったい、どうすればいいの。どこと新しい戦争がはじまろうと、今まで通り呑気に構えこんで、爆弾が降って来るのを待っていろっていうの。そんな馬鹿げた真似、私できないわよ。」

多津枝は、作者彌生子の属性も随所に示していて、強い風が吹く日が大嫌い、というのまで彌生子と同じである。

彌生子は、戦前の長篇第一作『真知子』の頃から、日本でブルジョアを描くことのできる数少ない作家の一人である。彼女は、貧乏暮しが普通であった同時代の作家たちと生活圏がちがい、ブルジョア階級の友人知人が多く、彼らの生態に通暁していた。それに加えて彌生子自身の上流志向が、『迷路』の世界に生かされて成功している。多津枝という支配層の富裕な家庭の娘の造型も秀逸で、作者の好みと自信が生み出した人物である。

まだ結婚前のブルジョア娘多津枝は、朝おそくベッドで目をさますと、青い絹の垂帷《たれまく》が透かす海いろの薄あかりの中で、羽根蒲団を胸だけずらし、ゆっくりとひとときすごす。起きてしなければならないことは一つもない。

《それでも、やがて垂絹をじゃらんと引き、急に明るくなった光線で瞼をしばしばさせてベッドから辷《すべ》りおりると、淡桃いろのパジャマのまま、銀糸と南京玉で縫いとりした支那出来の小さいスリッパを素足で引きずりながら、化粧部屋の方へ出て行く。》

彌生子は、楽しげな筆致でつづけて、多津枝の入念な肌の手入れと、朝は唇だけにしか紅は塗らない趣味のよい化粧、化粧にふさわしい淡雅な朝着に着換えて母の待つ食堂へ下りていく彼女の姿を描く。こうした乗りのよい細部描写で、人物が活気づき躍動する。それが作中の人間関係の絡みとひろがりへつながっていく。

　好みも思考も心のうごきも、作者とぴったり息の合った多津枝は、温い肉体をそなえて潑溂とうごきまわる。この大長篇小説の要めになる女性としてたしかな存在感がある。

　若い女性たちとひきくらべ、多津枝の母や万里子の養母の増井松子など有閑マダム連中は紋切型で、どの夫人もいちように鈍感で軽薄な俗物に描かれている。人物の造型が粗らくて、作者が叮嚀につきあっていない。彌生子の若者贔屓が、創作の人物たちにも表われている。

　主人公の省三は、知的で内省的で血筋もよく、彌生子の他の作品からもわかる彼女の好みのタイプである。

　長篇第一作『真知子』で、真知子が一度は拒絶して結末で求愛に応える河井は、財閥の御曹子で英国に留学した若き考古学者で知的で上品、と彌生子の好きな男性の条件を寄せ集めてつくったような人物で、どうしても筆が甘くなり、大根の二枚目スターといった印象をうける。たとえのつづきでいうと、河井たち主要人物はそれぞれ作者の割りふった役を、作者の指図どおりのうごきとセリフでつとめていて、薄手な人間像にとどまっている。『迷路』では、四十代の作『真知子』よりも登場人物たちの描き方がずっと複雑になり厚みをそなえているが、主人公の省三は作者の意図を重く背負わされてそのぶん鋭気が足りない。おまけに作者の好みの、まじめで内省的な青年なので、大長篇の主人公にしては地味で、準主人公の多津枝とくらべて個性も弱い。

　しかし省三は、この小説の最終巻で、作者の思想を一身に負った行動で強い印象を私たちに残す。妻の万里子を郷里由木に置いて出征した彼は、中国の戦線で今はＯ――特務機関の張文泰となっている親しい友人木津と再会し、木津から延安の日本人反戦同盟の存在を教えられて加入を決意、脱走兵になって延安を目ざす。彼はついに脱走して死にものぐるいに駈けるが、《昨日までは味方》の日本軍の弾丸に撃たれて中国の大地に倒れる。

戦場の部分は、最終巻の「飼料徴発隊」から「脱走」まで五章にわたり、彌生子は六十九歳から七十一歳にかけて書いた。「脱走」の章の執筆は、従来にないほど苦しい困難を嘗《な》めた。〈一時は夜の夜中、眠りながら手にはペンをもちつゞけてゐるに等しい異状な生理状態がつづいた。この作品のもつ大きな主題との対決となつたので、骨の折れるのも当然なのである。〉（「脱走」執筆時の日記から）　彼女は、省三が脱走するくだりに精魂をすり減らし、《ノイローゼになる有様で》と友人安倍能成宛のはがきにしるしている。

彼女にとって別世界の軍隊生活や戦場が書けたのは、青年画家（のち彫刻家）飯田善国の援助のおかげが大きい。彼女は『迷路』岩波文庫版のあとがきで、飯田の名を挙げて謝意を述べている。

飯田善国は、学徒出陣で中国大陸へ行き、戦後に東京芸大で画家梅原龍三郎に師事したが、結核を病んで、北軽の大学村の廃屋になっていた貸別荘で絵の仲間の友人といっしょに夏をすごした。九月に飯田がとつぜん高熱で苦しむ容体になった。周囲に人けが殆ど絶えた村で、友人は夏場に紹介されて飯田と一緒に何度か訪ねた野上山荘の彌生子に助けをもとめた。そして彼女の世話で、地元に一人だけいる医者がさっそく来診し、高価なストレプトマイシンを毎日打ってくれて、飯田は一週間で平熱に戻り急速に恢復した。治療費は彌生子が全額ひきうけた。彼女は、息子燿三と同じ年頃の青年の窮状を見捨てておけなかったのだが、ひきうけた治療費を原稿料に換算して、それほどの負担ではないと日記に書きとめている。飯田は、「あの時、野上さんが助けてくれなかったら、ぼくはあの山荘で死んでいたでしょう」と、のちに述懐している。

こうしてまったく偶然の機縁から、彼女は飯田善国が戦場の体験を長篇小説に書きかけて途中で放棄した分厚いノートを貸してもらい、さらに中国の風土や軍隊や分遣隊の生活の細部にわたって、彼のお手のものの絵で描いて教えてもらった。『迷路』が完結した昭和三十一年、飯田善国は彌生子の勧めとイタリア文学者素一の尽力でイタリアに留学し、絵画から彫刻に転じた。

それにしても、《銃のもち方一つ知らず》《中国の本土には無縁にすぎなかった》(『迷路』岩波文庫版あとがき)という彌生子が、中国の戦場と主人公省三の延安への脱走を真正面から描いた勇気は尊敬に値いする。彼女が飯田善国の助けを手がかりにして創作した戦場の場面は、果敢な作家の想像力の立派な成果を示している。細密にびっしりと描く文体が、省三の脱走まで五章にわたる戦場の部分にも変らず一貫していて、もっとスピード感や切迫感をもとめたい個所もあるけれども、この完成した文体に対しては無いものねだりであろう。

『迷路』には、もう一人、主人公格の重要な作中人物がいる。江島宗通という貴族の老人で、戦後に改作した第一部第二部につづく新作の第三部に、新しく登場する人物である。

第三部は、「江島宗通」の章からはじまる。彼は、早い隠居で弟に家督を譲って世捨て人になり、正夫人をめとらず側室を置いて、染井の下屋敷で能三昧に暮している。彼は染井の変人として知られ、弟の江島秀通伯爵は、富士見町の本邸の主じで貴族院に勢力を持ち軍部中枢と繋りが深い。二・二六事件の日の朝、富士見町から事件勃発の知らせをうけた宗通は、詳しいことを聞くために呼びつけた弟秀通の到着を待ちながら雪景色の庭へ目を放つ。

《雪はつづいている。淡灰いろの雲の底に隠された形のない篩《ふるい》で、わりに大粒で、空間いっぱいに振り落される白い点々をじっと眺めている宗通の細い澄んだ眼は、溝になった、日によると、女のアイシャドウのように黝《くろ》ずむ眼尻の線をだんだんと厳しくした。彼は見ているものを、見ていたのではなかった。そのこころは、もう一世紀近い過去になった同じ雪の日に飛んでいた。万延元年（一八六〇年）、当時の徳川幕府の大老たる江島近江守が、三月三日、上巳の節句の祝賀に登城する途中、水戸の浪士から桜田門に要撃されて落命したことは、日本の近世史上でもっとも著名な事件であった。宗通は彼の孫にあたっていた。》

すなわち江島宗通は、桜田門外で暗殺された大老井伊直弼の孫の井伊伯爵がモデルである。井伊伯爵の能ぐるいは戦前から知られていた。彌生子は戦時中の昭和十七年の日記に、この伯爵が毎朝の書見の日課のほかはすべての時間を能に費すという噂話を夫豊一郎から聞いて、井伊さんの話がおもしろかった、と書きとめている。戦後、彼女は中断した長篇小説のつづきを書くにあたって、《それにつきいろ〳〵父さまの力を貸して頂き度きことも生じ申候。たとへば井伊さんについて書く場合》（『山荘往来』）と夫に頼んでいる。

夫が昭和二十三年二月に倒れ、急遽上京して看病した彌生子は、彼の恢復を待って山荘独居に戻ると『迷路』の執筆に専念した。翌二十四年一月から「世界」に連載を開始する第一回「江島宗通」の章の進みぐあいを、夫に書き送る言葉から、毎日わくわくしてペンを執る彼女の高揚感がつたわってくる。《井伊さんがだん〳〵と確乎としたカタチをとりはじめました。》（六月十六日付）《井伊さん、スゴイものになりますよ。》（六月二十四日付）

彼女が井伊伯爵について持っていた知識は、結婚しなかったこと、生涯を能に託したこと、梅若万三郎のパトロンであったことぐらいで、その他はすべてフィクションである。（『迷路』岩波文庫版あとがきによる）

能楽研究の専門家の夫豊一郎から、能に関する教示や情報はもちろん得たであろうが、「江島宗通」の章を発表した翌年に豊一郎は亡くなり、次から登場する宗通は彌生子が正真正銘自力で創った人物である。彼女が、井伊伯爵をモデルにしてフィクションで描いた江島宗通は圧巻で、私は読みかえすたびにうなってしまう。能を抜きにしては描けないが、しかし能に精通しているだけでは到底かなわない、素晴らしい人物造型である。

日本の現代文学で、貴族階級の人間をこれほど生き生きと見事に描ききった小説はほかにないといってよい。宗通の能三昧の日常生活がきめ細かく活写され、彼の奇人ぶりが発揮されれる側室とみとの寝室の場面は閨房描写の白眉である。『迷路』に登場する新旧世代とさまざまな階層の男女のなかで、宗通の肖像は断然抜きん出ていて、主人公省三も個性の強い多津枝も、若い者はこの老貴族に太刀打ちできない。

江島宗通は、興趣に富むユニークな登場人物というだけではない。何よりも宗通が重要な作中人物である所以は、明治以来の権力者——政治家、軍人、新興財閥らを憎み軽蔑し痛烈に批判する彼の視点を導き入れて、時局の推移を鳥瞰的にとらえて描いたことである。それによって『迷路』は、ぐんと大きく厚みのある長篇小説になった。宗通はこうした重大な役割の人物として、申しぶんのない貫禄と魅力をそなえている。

『迷路』は「世界」に断続連載され、江島宗通が最後に登場する「方船のひと」で完結した。豊一郎は、断続連載の第一回「江島宗通」の彌生子の生ま原稿を、従来どおり彼がまず読んで校閲してから編集者に渡したが、彌生子が見事に創造した宗通のその後を見届けないまま昭和二十五年に急逝した。

昭和二十五年二月十七日に彌生子は、豊一郎の第三回快気祝いの準備の買物に、住込みのお手伝いをつれて新宿へ行った。翌十八日夕方、祝膳の支度が殆どととのったときに、豊一郎が嘔気を催してたびたび吐いた。一昨年のクモ膜下出血の再発か、と彌生子は庭つづきの家の次男茂吉郎と近くに住む燿三に急報したが、来診した近所の医師と川崎からかけつけた旧知の中川医師が、流感で胃をやられたと診断して、家族一同は安堵した。医療も医学の知識も進んだ半世紀後の今とは事情がちがう。中川医師の誤診はちょっと解せないが。彼は豊一郎が先年倒れたとき、瀉血の応急処置で救った医師である。

豊一郎は嘔気と熱がつづき床についていたが、十八日夕方の異変から五日後の、二十三日に死去した。享年六十七。法政大の総長在任中の死であった。

彌生子は、夫急逝の前後の日記の空白を、あとで遡って埋めている。

永眠の日と日付の下に囲みでしるした二月二十三日の記述によると、その日早朝に中川医師が来診、瀉血をドンブリに三分の一強。そのあと豊一郎は気持よさそうに眠った。朝は炒り米のお粥一椀、昼は山羊乳一杯。〈朝から生じた食気と、快い眠りはそばを離れぬ私をすつかり安心させ、（略）その快い眠りがそのまま永久の眠りにつづくとは夢にも知らぬ呑気さから、私は小原御幸のサシをそばで口ずさんでゐた。／昨日も過ぎ、今日も空しく暮れなんとす、明日をも知らぬこの身なるが――／いまから思へば、今けいこ中のものとはいへ、折も折に、よく〳〵人間無常の歌をうたつたものだと不思議に悲しい。やがて夕方になつたので、おカユを今朝の流儀でたき、魚久がイカを持つて来たので、それをほそ作りにした。こんなものが彼は好きだし、これでまた食慾が加はればと思ふ期待から、イカの刺身をあがらない？ときくと、「新しければ食べる」と答へ、枕の端にのせてゐた頭をすこし横にうつ向けたと思ふと、急に高いイビキを二度した。それを覗きこみ、父さん、どうしてそんな高いイビキをするの、といつた私の声に返事がない。私は部屋をとび出して階段上から手を叩き、声をあげて先きに夕食をしてゐたS［素一］をよんだ、Sは駆けあがり、M［茂吉郎］も庭の中の彼の家からとんで来た。イビキの声は二度とつづかなかつた。Sがとつた手首にも、手をおいた胸にも脈があつたが、野崎さんと近くの田中医師が駈けて来た時には完全に

他界の人となつてゐた。〉

永眠した豊一郎は、夏目漱石の形見の大島に寝巻を替えてから、経帷子には彼が皇后に能の講義をしたさいいただいた白羽二重を用いた。通夜には、安倍能成たち謡の仲間が「弱法師」を連吟して、豊一郎らしい通夜になった。

豊一郎の生前、夫婦はよくいっしょにうたったり、彼がうたい彌生子が鼓を打ったりした。彼が逝く一週間前の夜も、夫婦で「隅田川」と「羽衣」をうたっている。

法政大学葬が盛大に行なわれ、翌日の初七日が過ぎても成城の家に弔問客が絶えなかった。夏目漱石の夫人（当時七十三歳）と、吉田健一夫妻らの弔問が重なった。彌生子は夏目夫人を夜の食事にひきとめ、泊ってもらって、夜ふけまで漱石の思い出話を聞いた。吉田健一の結婚媒酌人は豊一郎彌生子夫婦で、健一の弟正男と野上夫婦の三男燿三は仲の良い学友である。

能役者の桜間弓川は、霊前に「江口」のキリを手向けた。名人の弓川が金太郎を名乗っていた時代から（昭和二十五年に改名）、豊一郎は偏愛に近い支持と友情をよせ弓川もそれに応えて格別な親交がつづいていた。豊一郎が「隅田川」の子方を出さない演出を、初めて試みたときに実験に応じたのも弓川であった。豊一郎の子方なしの演出が、今では普通になっている。能に「演出」という言葉を初めてもち込んだのも豊一郎である。

彌生子は、戦争末期に弓川が疎開先をもとめて北軽の彼女を頼って来たとき、弓川一家のために住居を探して世話をした。そして、大学村の疎開仲間になった弓川に、舞台も稽古もないこの機会に息子の伴雄をみっちり仕込んではどうか、野上山荘の離室は狭いがあそこでも舞えるなら遠慮なく使ってほしい、と提言した。弓川は大乗り気で、さっそく父子で離室へ毎朝いそいそとかよってきて午前中いっぱい稽古をつづけ、これで伴雄にはすっかり舞いものをすませました、と悦んだのであるが、当時から幾分体の弱かった伴雄は戦後に東京へ戻ってまもなく他界した。

豊一郎の追善謡会が、弓川、松本謙三、宝生弥一と、高浜虚子や安倍能成たち長年の謡仲間が揃って成城の家で催され、彌生子も「小原御幸」をうたった。弓川と謙三と弥一は、翌年の一周忌に四十五人の客を招いた虎の門の福田屋の席でも、「隅田川」をうたった。〈よそでは出来ないゼイタク〉と彌生子は満悦で、「隅田川」で十五へんくり返して唱えられる南無阿弥陀仏は、いかなる名僧知識の読経よりも故人には嬉しかったであろうと信じた。さらに三周忌にも彼女から頼んで、弓川のシテ、謙三のワキ、それに弥一と安倍能成が地に加わり「隅田川」をうたってもらった。昭和二十七年四月、故野上豊一郎博士の功績を記念して「野上記念法政大学能楽研究所」が発足した。

豊一郎が急逝した二十五年に話をかえすと、四十九日忌の前日の日記に彌生子は書いている。こうして一人しずかに住み、物質的にもあくせくしないで、よい息子たちと望ましい環境をもって生きられるのは大きな幸福であるが、〈ただ必要なことはこの幸福を自分の仕事に専念的に役立てることである。この度私に許された自由や、またN氏［中勘助］との数十年ぶりのめぐり逢ひなどによつて、こころの怠りを生ずることは極度に戒めなければならな

い。〉

夫の生前から彼女は自分の仕事を第一にしてきたが、成城で夫婦同居の生活になるとやはり山荘独居のようなわけにいかず、〈家事的、人事的ないろいろ〉や雑事にとりまかれた日常を、日記の中でたびたびかこった。夫の健康のことさえなければ明日からでも山の家へ行きたいが、詮方なし、としるしている。成城の家で暮しはじめた翌年（昭和二十四年）は、山荘へ行けないまま夏も東京ですごした。

彼女は、夫の死がもたらした自由な暮しで、山荘独居の頃と同じく朝起きぬけに朝食抜きで机に向かう日課をとり戻した。それにともない、〈夜八時までに世の中とも人間とも交渉を絶つ必要がある〉という早寝早起きのきまりが習慣となった。『迷路』執筆に没入することが目下何より大切で〈第二義的なものは、いかに心ひかれ、興味をそそられるものも拒否せねばならぬ〉と自戒している。

境遇の新たな変化にさいして、自分の仕事に専念すると心にきめても、日常の中でなしくずしに弛んだり妥協したりするものだが、彌生子にはそれがない。禁欲的で克己心が強い。『迷路』が終盤にかかった六十九歳の日記から――〈自分のこころ［の］成長に役立たないものから強引に身をひく決意は東京の生活では一層厳しくかためなければならない。〉

しかし彼女が何をもって〈こころの成長〉というのか、次のような日記のくだりを読むと、私は首をかしげたくなる。

彌生子が七十歳のときである。庭つづきの茂吉郎の家では長男謙一が小学五年生で、毎日来る隣家の男の子と遊び呆けて学課の勉強をろくにしない。そのことで彌生子は茂吉郎に小言を洩らす。隣家の男の子が犬といっしょに、植木の間から出入りするのも彼女の気にくわない。〈これをはつきり切りだすため〉彼女は隣家の夫人を訪問し、今後は学校から帰っても謙一が復習を済ませる四時頃まではよこさないように、と約束をとりつける。さらに半月後、〈となりの垣根の一部が囲ひ残され、子供らも犬も出入自在なので、今日有刺ハリガネを引かせる。〉

女家長彌生子のすることに、息子夫婦は何も言えないらしい。孫の勉強の妨げになるというので、相手の子の家へのりこんで文句を言うだけでも相当なものだと私は思うが、有刺鉄線を引くにいたっては、〈こころ〉ないやり方というほかない。彌生子はしかし、平然としてやってのける。

彌生子の初期の身辺小説の中篇「二人の小さいヴァガボンド」(大正五年、のちに改題「小さい兄弟」)は、彌生子を曾代子の名に変えて実生活をほぼそのまま描いている。長男友一は間もなく小学生になる。母親曾代子は、近所の植木職人や工員の家庭の子供たちを差別して、わが子を特別あつかいする教育法をとっている。彼女の教育法の忠実な協力者である女中のきみは、近所の子供たちが《仕様のないいたづら子であることや、純良ないゝお児さんにならうとするには、決してあんな子供達と遊んではならないのだと云ふことなどを》友一に教えこむ。戦前の日本では、庶民と中流・知識階級の階級差が根強かったにせよ、作者彌生子の差別観とわが子だいじのエゴイズムが肯定され全篇に充満している。この彼女と、有刺鉄線を張って孫の遊び友達を追いだす七十歳の彌生子はちっとも変っていない。彼女が長年鍛えてきた知性や教養は、いったいどうなっているのか。

作家は人格で文業の価値を左右されるのではないから、心根が悪くても、優しい人間味を欠いていてもそれはそれでかまわないが、彌生子のいう〈こころの成長〉が、もっぱら知的成長を重視していることは有刺鉄線の一件からもわかる。知的成長を何より重大に思っていた、という結婚当初の彼女と良くも悪くも変らない生き方を通してきたのは夫のおかげが大きい。夫が逝って三年半経った日記で彼女は、〈T［豊一郎］からは嫉妬でこそ苦しめられたが、その他の点では私は稀れなほどの自由と寛大のもとに生きてゐたのが、今日にしてますく〳〵はつきり分つた〉と感謝している。

『迷路』は、戦前の二作を改作した第一部と第二部の刊行からはじまって、未完のまま順次一部ずつ単行本で世に出るという形式をとったので、全六部完結後、岩波文庫版全四冊が出るときに彌生子は、〝亡き夫　豊一郎にささぐ〟と巻頭に献辞をつけた。

第六章　老年の恋——田辺元と彌生子の往復書簡

彌生子は、夫が逝って三年後、六十八歳の秋に山荘で日記に書いている。

〈「女は理解されると、恋されてゐると思ふ」といふアミエルの言葉は忘れてはならない。しかし異性に対する牽引力がいくつになっても、生理的な激情にまで及び得ることを知ったのはめづらしい経験である。これは私がまだ十分女性であるしるしでもある。それだけ若さの証明でもあらう。〉

彌生子が激しく牽かれる異性は、哲学者の田辺元。彼は、彌生子と同い年で、戦時中から隠棲している大学村の山荘で妻と死別し、ひとり暮しになっていた。

野上一家と田辺夫妻は戦前から山荘仲間であった。田辺元は、敗戦の半年前の昭和二十年（一九四五）三月に京都大学を定年退官し、七月に北軽の大学村に永住する決心で移ってきた。妻の千代と二人暮しで子供はいなかった。彌生子が疎開して足掛け五年つづけた山荘独居をうち切り、東京成城に買った家と山荘と半年ずつ暮すようになる頃、親しい友人の千代夫人は結核で病床についていた。厳格で怒りっぽい田辺元におそれをなして女中が居つかず、彌生子は何度も仲介の労をとった。

彌生子が、夫の初盆にあたる昭和二十五年夏に山ですごす間も、田辺山荘の女中さんが叱られてとび出していくさわぎが生じた。田辺元といえば、西田幾多郎が二十年に没したあと〝京都学派〟のみならず日本の哲学界の最高峰に位置する存在で、しかし〈田辺さんも家庭から見ると困りものである〉と彌生子は日記でこぼす。

田辺元は、昭和二十五年秋に文化勲章を受章するが、病気を理由に親授式を欠席した。彌生子は夫人の病状を案じて、看護婦と長つづきする女中の必要を田辺に力説した。〈文化勲章のお祝ひなど私は一言もいはうとはしなかつた。そんなものをあげるより誠実なよい女中を一人見つけてくれる方が田辺氏にはよほどありがたいだらう。〉話はとぶが、彌生子がのちに八十六歳で文化勲章を受章したとき（女性の受章は日本画家上村松園が最初で、二人目が野上彌生子）、彼女も病気を理由に皇居での親授式を欠席し、代理の受取人も出さなかった。

彼女は、冬期には東京で暮して翌二十六年初夏に山に戻ると、ますます病状の進んだ千代夫人のために看護婦や医者のことで尽力し、田辺に説得をくり返した。しかし田辺は、頑固に看護婦を拒みつづけた。妻がどうせ駄目なら最後まで自分の手ひとつに専有したい気持があるのか、と彌生子は忖度して〈なにかストリンドベルヒ的な深刻なもの〉を感じるほどであった。その年の九月、彌生子は四十数年ぶりに再会した初恋の人中勘助を妻ともども山荘へ招待してもてなす間も、毎日田辺山荘の重体の夫人を見舞った。九月十七日、千代夫人は永眠した。彌生子は白絹で経帷子を縫い、納棺と出棺の手配や食料の買入れまで世話をして、手伝いに来た地元の人から「お姉さんか」と聞かれた。夫人の棺は、白い晒に覆われ、一束の秋草をのせて、リヤカーで焼場へ運ばれた。二日後に田辺の門下生たちも来山して簡素な告別式が行なわれてから、田辺が野上山荘にお礼に訪れた。彌生子は、彼が持参した夫人の形見の着物だけはありがたくいただくことにして、謝礼金を辞退し、代りに田辺元の『哲学入門』を署名入りでいただきたいという鄭重な手紙を、田辺山荘に届けた。

『田辺元・野上弥生子往復書簡』(岩波書店刊)は、千代夫人の病臥中に田辺が彌生子へ宛てた礼状を冒頭に、夫人の没後の十年間の往復書簡三百四十六通が収めてある。

彌生子の書簡は、《昭和二十六年九月二十六日付　田辺元先生　野上やへ(使持参)》の上記の手紙からはじまる。使いは、毎年成城の家から同行するお手伝いの松井T子がその後もつとめた。彌生子が願った署名入りの『哲学入門』は、翌日田辺の返信とともにさっそく田辺家の使いが届けにきた。やがて田辺に師事した彌生子は五年後に『哲学入門』を読みかえし、殆ど一点のとどこおりもなく理解して愉しんで読めるようになっている自分を見出す。

田辺山荘は、彌生子の山荘から草径《くさみち》を歩いて十分足らずの距離である。彼女は夫人の葬いのあとも田辺山荘をたびたび訪ね、ひとりになった田辺をなぐさめ語り合った。最初のうちは、亡き夫人に同情する気持のほうが田辺に対する尊敬よりも強かったが、謹厳な哲人でウルトラリゴリストの定評がある一方で、ロマンチックな詩人的気質をもち少年のように隔意なくまっすぐ話す田辺に、しだいに敬愛の情を深めた。学殖の豊かな田辺からいろいろな教示をうけながら、文学の話題も二人でたのしんだ。田辺は和洋の文学書をたくさん読んで、日本文学では東京っ子らしく荷風を愛読していた。「アララギ」の歌人でもあった。

〈田辺夫人の死は私に山の大切な友だちを一人失はせ、またよい友人を一人与へたことになる。〉〈彼は笑はない哲学者になつてゐるが、私との話ではよく笑ふ。口をすぼめ、眼を細くして、おばあさんみたいな顔で笑ふ。〉

彼女の日記には、田辺山荘で出た話題ややりとりの要点もその都度書きとめてある。共通の知人のだれかれのゴシップや時局話など、くつろいだ雑談もけっこう多い。田辺元が留学中に聴講したハイデッガーとフッサールの講義の比較を、彌生子が興味深く聞く午後もあった。

冬がきて、東京成城の家に戻って暮す彌生子を、田辺の弟子の一人が訪問し先日山で会ってきた師のようすをつたえた。〈私のこと、お葬式の頃までは苦手のひとになつてゐたらしい。それが先日はひどくなつかしがつて、在山中はしよつちゆう来てくれてよい人だといふことに評価がかはつたらしい。呵々。〉

彼女は翌二十七年も、初夏から山荘で暮した。午前中は『迷路』を書く日課を厳守しながら、午後は足繁く田辺山荘を訪ねてさらに親しみがました。リルケ、ヘルダリン、ヴァレリー、エリオット、ルー・サロメや、ギリシア哲学、パスカル、ヤスパースなど話題はつぎつぎにひろがり深まって、田辺は熱情的に語った。彼女は、ただ一人で哲学を聴講し文学を語り合いこれほど啓発される隣人をもつ暮しを、〈至高の幸福〉と思う。田辺は、冬にかかって帰京する彌生子へ、これから五ヶ月は無言の行になる、と寂しさを洩らした。

半年ぶりの、翌二十八年の山の生活でも彼女は田辺山荘へかよって語り合い、たびたび手紙を交わして田辺が話を補足したり彼女が教示を仰いだりした。この哲学者を専有するのは〈最上の幸運〉で〈日本一の知的ゼイタク〉と思うよろこびが、熱い恋へ高まっていく彼女の内面のうごきは、毎日くわしく綴った日記から手にとるようにわかる。田辺がリルケの女性遍歴を熱心に語り、『アミエルの日記』を会うたびに二人で話題にしながら、そこにお互いの恋心を託している機微も彼女の日記から読みとれる。

彌生子の恋は、六十八歳の秋にはっきりと相思相愛の関係へ進んだ。田辺夫人の三周忌のすぐあとである。

彌生子が日記にアミエルの言葉を引いて自戒しながらも、〈異性に対する牽引力がいくつになつても、生理的な激情にまで及び得ることを知つたのはめづらしい経験である〉と書きつけてから四日後、田辺元が手紙を自分で届けにきた。それまではいつも、田辺山荘で働く梅田夫婦のどちらかが持参していた。

田辺が、お気にさわったら破って下さい、と言って手渡した手紙には《直接奥様に宛て心中を陳べましたもの》として歌九首がしるされていた。

年老いて鰥夫となりし我を憐《わ》む　君が情はおほけなきかも

生まれ月はわれ三ヶ月の兄なれど　賢き君は姉にこそおはせ
君と我を結ぶ心のなかだちは　理性の信と学問の愛
他六首

翌日、彌生子は朝の執筆の日課を抜いて返事の手紙を書き、相聞歌《浅間やま夕ただよふ浮雲の　しづこころなき昨日今日かな》他一首を添えて、彼女もお手伝いの松井に頼まずに自分で田辺のところへ持参した。

次の日の午後、田辺は山荘を訪れた彼女に、きのうはありがとう、と言ってからすぐに前回のつづきでハリソンの神話研究を話題にする。さらにカルヴィニズムとルッターの教義の根本的な相違、オーガスティンとトマスとの教義の相違へと話が進む。

〈あんな手紙や歌をとり交したあとで、こんな話に二時間半を費して、これを愉しみあへる私たちは、世にも不思議なアミだといへる。（略）出来るかぎりこの線をふみ越えてはならない。情勢と心の動き次第では、私はもつと積極的な熱情にだつて応じ得ら〔れ〕るし、またそれだけの自分の若さをうれしくも頼もしくも思へるが。先生も実に快活で、おしやべりだといつてよいほど多弁に語る。私の方が半分以上は聞き手である。〉

〈かういふ日が人生の終りに近くなつて訪れると夢にも考へたらうか。ひとの一生の不思議さよ。〉

彌生子は東京の知人に、香水を注文してとり寄せた。数日おきの田辺山荘訪問と、手紙のやりとりがつづく。彼女は手紙にその都度、カステラ二切や空也のもなかなどを添え、きんとんが田辺の好物と知るとさっそく栗きんとんをつくって届けた。十一月上旬に、田辺の門下生七人が大学村のクラブに泊り、田辺山荘へかよって三日間の講義を受けた。彌生子は彼らを一夜招いて野上山荘でもてなし、講義の最終日には郷里臼杵の郷土料理の茶台ずしをどっさり拵えて会食用に届けた。弟子たちが帰った翌朝、田辺は茶台ずしの礼状に、《奥様に御目にかかりませぬこと久しき思が致します。御枉駕頂けますればありがたき極に存じます》としたため、午後の彌生子の訪れを待ちうけた。二人の間で、「奥様」「先生」という呼び方は田辺が病いに倒れた最後まで変らない。

彌生子は、詩をつくってみよ、と田辺からたびたび言われて詩作を試み彼に初めて見せた詩稿も、日記に写している。四篇中いちばん短い詩をここに紹介する。

新しい星図

あなたをなにと呼びませう
師よ、友よ、親しいひとよ
いつそ一度に呼びませう。
わたしの新しい三つの星と。
みんなあなたのかづけものです
救ひと花と幸福の星図

この詩稿をふくめて四篇中三篇が、あなた＝田辺に捧げる内容である。

〈私の詩にうたはれた言葉にふさはしい人になり度いといはれた。（略）私が人生のたそがれにこんな思ひを感じようとは夢想だもしなかつたやうに、彼とても決して期待しなかつた悦びに違ひない。お互ひに独立的な人格と経済力と、社会的には一定の水準以上の生活と名誉をもち、愛と、友情と、尊敬と同じ思想と学問的情熱でむすばれ、それ以外にはなんらの自己的な要求も期待もしあはないで生きるといふこと、こんな愛人同士といふものが曾つて日本に存在したであらうか。あゝ、それ故に一層この関係を理想的に保ちつづけなければならない。〉

田辺は、彌生子が順次発表している大作『迷路』を読み、もちまえの正直さでずけずけと批判した。彼女に詩を作ることを勧めるのも、その欠点を償うようにさせようとの意図からであった。田辺の話が彼女を十分に理解させなかったとみると、彼はわざわざ日課を休んで批評を再度手紙に書き、自分で野上山荘へ持参した。書簡十枚以上にわたり、田辺の漱石批判と重ねて『迷路』を論じた、彼女の小説に対する歯に衣着せぬ批判である。

〈私の小説について急所をついた批評をして下すつて有りがたかつた。（略）とにかく、私の今日までの生涯の訓練といふべきものは、情緒的なものにうち勝ち、冷性《ママ》にすべてを考へ、すべてを行為する事にあつたので、作品にもそれが大きく影響することになつたのはたしかである。〉

急所をついた批評は、彼女の異性の親友安倍能成〔彼も哲学者である〕が、すでに昭和十二年に彌生子の『秋風帖』の書評で行なっている。

安倍は彌生子の作品について、ポエジーが乏しく、ユーモアが少なく、ペーソスが薄い、とまさに急所をついている。この書評が東京朝日新聞に出た当日の彼女の日記を見ると、文中に彼女を社交上手と書いているのが癪に障わると安倍に怒っているだけで、的確な批評は読み捨てたのか一と言も触れていない。彼女が、七十歳近くなってやっと素直に批判を傾聴し、うけ入れたのは、相手が尊敬する恋人田辺元であればこそで、〈新しい詩の世界に私を導いて下すつたのは先生であるのを思ふ〉とのちに述懐している。

しかし彌生子は、中勘助が彼女は勉強家であるが「詩人じゃないね」といみじくも評したように、ついに詩とは縁遠い書き手であった。彼女の作品が示しているポエジーと音楽性の欠如は、勉強や努力で直せるものではない。田辺の勧めに従った詩作も、彼女の日記と書簡で見るかぎりヘタくそな数篇だけで、哲学をまなぶようにはつづかなかった。

田辺は、書箋十数枚にわたる『迷路』評に添えて、《君に依りて慰めらるるわが心　君去りまさばいかにせんとする》ほか四首を贈った。彼女も、離別の詩をつくり山を下りる前日に田辺に届けた。《生別の寂しさは／時に死別に劣らじとはいへ／いたづらに涙はせじと／あえて笑つて／作りたる戯詩》と題した八聯からなる詩である。後半の三聯を次に紹介する。

左様なら　こころよ

手におえない娘
ごとごとの高原電車で
去つて行くのはうつし身のみで
待つてゐるのは厭はしい東京
汚れてくさく、騒がしい社会のはきだめ。

左様なら　こころよ
憎らしい娘
わたし遠くから腹をたてるわ
ぶつてあげたい気になるわ
それよりいつそ嫉むだろ
お前の帰らないわけを知つてゐるから。

果肉《み》とたねと
一箇の桃が単数でないやうに
ひとりわたしが
ふたりのわたし。

詩の巧拙は度外視するとして、恋する女の心情がみずみずしい。昭和二十年代の六十八歳は、れっきとした老女で（昭和二十五年の日本人の平均寿命は、男性五十八歳、女性六十一・五歳）、昭和二十五年の網野菊の作品にも《今年満六十歳という老婆は……》とあるが、恋に年齢がないのはいつの時代も変らない。「恋愛とは、私のようなすれからしの女でも娘のような瞬間にかえりうることなのである」という平林たい子の名言も、私は思いあわせる。

この詩を彌生子が使いに託して届けた日の午後、田辺が訪ねてきて、あんな娘を残しておいてくれるので寂しくはないだろう、と言ったが持参した歌には山に一人残る寂しさをうたいあげてあった。

野上夫人を送る

君つひに立去りたまふ再会は　来ん年の夏か遠しとも遠き

他四首

二人が東京と北軽に離れて暮す間、長文の手紙が頻繁にとり交わされた。その半年間の文通は、田辺から彌生子宛が二十五通（うち一通は絵はがき）、彌生子から田辺宛が二十二通。（『田辺元・野上弥生子往復書簡』による）

山荘での対話のつづきのように、文通も哲学と文学をめぐる内容が大半を占める。知的なやりとりが恋心の交歓になっている。卒直な恋情の表白も多い。田辺は「世界」のグラビアに載った彌生子を見て、書き送る。

《精神的な御美しさがにじみ出て居るやうに拝せられます。いくら拝見致しましても飽き足ることを知らず、殆どしきりなしに眺めて居ります。》

彌生子からシクラメンを押花にして同封した手紙が届くと、《遥に御心情を偲んで思尽きせぬしだいでございます。／シクラメン緑葉に映えて紅の色なづかしき君が押し花》と返信に一首添える。

密な文通とあわせて、彌生子は冬にはインクも凍る北軽で執筆と読書と思索の日課をつづける田辺に、電気ヒーターの足温器を贈り、日持ちのする菓子や味噌漬の魚や、田辺の食餌療法用の無塩バターなどを、小まめに送り届けた。こうした食品の差入れ（?）はその後も毎年彼女が東京に戻っている間つづき、亡き千代夫人に供える正月用の生花を鉄道便で送るのも歳末のならわしとなった。

彌生子が、田辺山荘で本式に哲学の講義を受けるようになるのは、恋愛関係に進んだ翌年六十九歳からである。

まず田辺が冬期の文通で、彼女に哲学の正式な勉強を勧めた。勉強といってももちろん学校ふうの哲学概論や哲学史ではなく、三、四の古典を精読し西洋哲学の思考法を修得してほしい、そう彼はねがって、彌生子がさしあたり読むべき古典の訳書として、アリストテレス『ニコマコス倫理学』、デカルト『方法論叙説』、ライプニッツ単子論とその他小論文、カント『純粋理性批判』、ヘーゲル『精神現象学』、以上の書物を挙げて《徹底的に読破》すれば他はわかる、と手紙でいっている。

彼は、彌生子に詩作を慫慂したときよりも積極的に、哲学の修得が大作『迷路』を書きあげる推進力になることを冬の間の文通でくり返し説いた。《先生の仰しやる事は正しい》と彼女は感謝し、最後の段階にかかった『迷路』の執筆とあわせて、田辺に師事して哲学をまなぶことを決めた。

恋で活気づいているとはいえ、もし田辺が手紙で列挙した哲学の古典にとても歯が立たぬというような女では、彼の熱意に応えたくても無理である。到底できない。彌生子は、理想の知的エリートと親密になった幸福を日記にくり返ししるしているが、田辺元のほうも、まことに理想的な老年の恋人を得たといえる。

彌生子は昭和二十九年六月に山へ戻ると、着いた翌日に田辺山荘を訪ねてさっそく正式な講義を受けた。その日は田辺の著作『数学基礎論覚書』についての話からはじまる。一対一の哲学講義は、田辺が昭和三十六年正月にとつぜん病臥する一ヶ月前まで、彌生子が山で暮す間は一週に二度、三日おき、の規則で最後までつづいた。

講義は毎回、午後二時きっかりに始まり、四時に終る。《先生の時間の鉄則は、その他朝夕の起臥から食事、散歩、入浴のすべてにわたって厳しかったが、私自らも似よった暮らし方をしていたから、その点では困りはしなかった。》(「田邊先生の御講義」) 田辺はカントのように正確で、散歩は午後四時から一時間ときまっていて、その散歩道にも一定のコースがあり、散歩は同時に彼の思索の方法であった、と彌生子はほかの随筆で書いている。

彼女は、大学ノートと、よく削った鉛筆三本の入った風呂敷包みを抱えて、三日おきに草径を田辺山荘へかよった。午後二時ぴったりの訪問を厳守した。よくよくの事情で休む場合には、前もって詫び状を届けた。急に休むのは、星辰の運行ほどきまった田辺の一日をかき乱す意味で、彼にはどんな理由からにせよ我慢ならないことであり、彼のほうでも止むを得ない休講は必ず予告と詫びを名刺に書いて使いに持たせた。

田辺の講義は多岐にわたり、なにか新しい思考に憑かれると哲学入門は忽ちおそろしく高度な講義に一変し、彼女はノートをとるにも四苦八苦した。受講した内容は、その都度日記にもメモふうにしるされている。とても私などついていけないが、かねがね知性第一主義で大の勉強家の彼女が、〈人生の最後に近くこんな悦びが与へられやうとは夢想もしなかつた〉という申しぶんのない恋人に師事して学ぶ記録になっている。

週二回の講義が二十九年六月にはじまって一と月後、彌生子をまき込むトラブルが田辺山荘でもちあがった。田辺が、夕飯のヤマメの煮方が気に入らず疳癪を破裂させ、離れに住んで彼の世話をしている梅田夫妻を追い出したのである。彌生子は、梅田の細君の駈込み訴えにつづいて、田辺から手紙（梅田主人持参）であんな女の世話にならぬために山を下りる決意をしたと告げられ、田辺山荘へ急いだ。彌生子の涙ながらの説得と仲裁で一件落着し、田辺は彼女に詫び状を書いて講義のつづきに戻ったが、それから十日足らずで田辺の激怒が再発した。再び彌生子が駈けつけて、さわぎをおさめようとしても彼は聞く耳をもたない。〈こんな時の彼の不合理と根性まがりは一種の狂気である〉と彼女は呆れるが、田辺は彼女と話すうちに沈静した。

彌生子が入山すると、田辺はなんとなく気が強くなる傾向がある、という梅田の細君の訴えも彌生子は日記に書きとめている。田辺の子供っぽい反応が可笑しい。彼のつづけさまの疳癪の破裂は、半年ぶりに彌生子が傍へ戻ってきてくれた安堵の表れであり、甘えでもあるのだろう。彌生子にはむろんわかっていて、最初のヤマメ騒動のさい、彼の詫び状へ《私にはいくら我ままをお見せ下すつてもおどろきませんよ》と便りを返している。だが再度のさわぎにつづいて三度目となると、さすがに彼女もたまりかねた。三度目の田辺山荘の悶着のてんまつを、彼女の日記にそくして辿ってみよう。

〈また田辺山荘の爆発事件がおきる。二年まへとかに到来のクヅの箱を探しえないことから、先生の激怒となつた始末。梅田妻君また泣きこむ。〉田辺は、到来物の葛粉を梅田の細君が勝手に使ったと疑い、彌生子がどう裁くかというので梅田の主じを迎えによこす。田辺は三日前から下痢で臥床していた。彌生子がもう夜に入るので明朝参上する旨書いて梅田に託すと、折返し田辺から名刺に書いた返事で彼女を責めて、この上は配慮を煩わさない、と一種の絶縁通告である。彼女は成りゆきにまかせることにする。

翌日に彼女が出向くと、まだ病臥中の田辺はまっ青な顔でまくしたてて梅田の細君を罵り、彌生子に当たりちらし〈私には哲学など学ぶ資格はないとの引導まで渡し、以後はお講義もうち切りの宣告であつた。〉彼女はさからわずに辞去する。〈先生の学問に対する熱情、また学殖にはもとより敬意を減じはしないが、人間的な面の欠如は、直接身にふれる先日からの出来事によって新たに認識をあらたにせざるをえない。これをやっぱり遠くから眺むべき高山で、その中にわけ入るには多くの危険があるのをつく〴〵思ひ知つた。〉

三日後に彼女が田辺を見舞うと、彼はまだ床についているが上機嫌で、リルケのことで話がはずむ。〈とにかく今日の訪問で、私たちの交渉はまたもとの形態に戻つたことになる。〉

それから六日ぶりに彼女は田辺を訪ねる。彼はまだ臥せっている。なにか変った料理で食欲を刺戟するとよいのだが、彼にはそれが一切通用せず、ヤマメ一点ばりだからどうしようもない。その日も話題はリルケに集中した。

〈ノーラがリリアーヌとの肉体的交渉を書いた一段に、今度は悲劇的なことがなかつた云々――の意味があつた。私はこれがイムポテントをさすのではないか、とふと直感したので、それを口にして見ると、先生はとつさに賛同した。さう解することによりベンヴェヌタとの不可解な愛のもつれも分明になる。そこまでは自分も考へつかなかつた。なにか漠然とそれに近いものまでは感じたが――との話になる。私はかかる性的な用語で他人と――異性はもとより――語つたことはない。それだのに先生とは隔ても、たゆたひもなく可能なのは、あの人の真つ正直な純粋な態度によるのである。〉　彼が床に臥せているという状態も、正座して向かいあっているより、イージーな雰囲気をつくったかもしれないと彼女は思う。

公表された彌生子の日記で見るかぎり、二人の間に肉体の接触はないが、仮りにあったとしても、若い頃とちがって老年の男女の恋愛は肉体よりも精神的要素が強いのが普通で、性欲よりも恋欲、と私は思っている。老年の恋が持続するには、まず共有できる関心(話題)、そして双方の生活条件――会いやすい環境が必要である。

二人の結びつきは、田辺がひきおこした度重なるトラブルでいっそう深まった。冬がきて、別離をかなしむ手紙を田辺山荘へ届けて東京へ戻った彌生子に、田辺も彼女が去って心に充たしがたい空虚ができたことを書き送る。その手紙の中で《奥様はこの半年の間に、哲学的にすつかり御成熟になりました》と感嘆し、彼の現在の思想をいちばん理解しているのは彌生子で《小生に生き甲斐を与へられましたこと》を感謝した。彌生子も書き送る。《いまの私は先生なしには精神的に生きえないものになつてをります》

年が明けて昭和三十年正月に、野上彌生子と相馬黒光〔新宿「中村屋」の女主人、彌生子と同じ明治女学校出身〕の新春対談がNHKラジオで放送された。田辺はその対談を聴いて東京の彌生子宛の手紙に、相馬黒光の話を初めて聴いたが枯淡で卒直でたいへん好い印象をうけた、という感想につづけて書いている。《奥様の御話振は、露骨に申しますと、東京の名流夫人のポーズが少し（極少しですけれども）小生を反撥します。》

彌生子には、田辺流の愛情表現がわかっていて、《相馬さんとのラヂオで、づけ〳〵仰しやつて頂いて、いかにも先生らしいお小言と、いつそうれしく、なつかしまれてをります。（略）私より十歳うへですから、私ももう十年したらもつと枯淡になつて、先生から叱られないですみませう》と応じている。身にしみついている名流夫人のポーズを指摘されて、彼女が動じたとも思われない。

恋人であり師である田辺元に対してはあくまでも慎ましいが、田辺がラジオで聴いて反撥を感じた彌生子のほうが、平常の彼女である。すなわち、長年の抜きがたい特権意識や差別観を人づきあいに示したり、有刺鉄線を庭の境いに張って孫の遊び友達と犬の出入りを封じたりする老女である。彌生子の生前をよく知る某夫人が、にがにがしげに「野上さんは、田辺先生にはいい子ぶって」と洩らすのを私は聞いたことがある。相思相愛の二人の交渉を見ていくと、彼女は慎ましくて情味や優しい心くばりが満点で、本当にいい人だ。いい子ぶっているのではなく、恋する心が彼女の美点をひき出しているのである。彼女は田辺の導きで自分の世界を豊かにしてくれたものとして、詩と哲学への愛好を挙げているが、恋のもたらす感情生活もそこに加えてよい。女としても作家としても、まさに彼女には〈理想境〉の老年の恋であった。

彌生子は、昭和三十一年七十一歳の夏に山荘で、『迷路』の最終章を書きあげた。八月二十一日の日記から――

〈この日午前十一時二十三分、「迷路」の最後のペンをおいた。この章は「方船のひと」とした。（略）ホトトギスに幼稚な作品を二十三［数え年］で書いてから約五十年かかつてやつと小説らしいものが一つ書けたことになる。またこの際にあらたに思ふことは、私の或る時期までにはよい教師であつたT［豊一郎］からのいろいろな摂受である。彼と私との関係は一般の人が想像してゐるやうな甘いものではない。しかし今は恨みも憎みもすべて彼からえたものは、それだけは疑ひもない彼の愛とともにすべてよいものであり、結句は私の成長の糧になつた事を思ふにつけ、第一に彼に感謝しなければならない。また時〻の安倍［能成］

氏の激励も私を力づけてくれた。それからまた田辺先生への接近が私の思索を内面的に深めてくれ、それがこの作品の後半に大きく影響してゐるのも事実である。〉

ペンを置いた時刻を正確に記録したところに、完結まで戦争による中断をはさんで二十年かけた彼女の万感がこもっている。夫豊一郎に感謝する前に、〈私の或る時期まではよいいいいいいいいいい教師であつた〉とエラそうにことわっているのはいかにも彌生子である。

彼女は夫の没後、折にふれて彼への感謝をしているものの、尊敬の念や敬愛の情は欠いていてどこにも感じとれない。田辺元へ抱く敬愛とくらべるといっそうはっきりする。豊一郎は身内だから、というのではない証拠に息子たち、とくに次男と三男のことは〈わが子ながら頭がさがる〉〈自慢してよい〉などと日記の中でもたびたび褒めそやしている。

彌生子と豊一郎の結婚生活をたどると、〝お嬢さんと家庭教師〟という原型が、さいごまで消えずに残りつづけた関係を見てとることができる。

『迷路』の最終巻の、彌生子が渾身の力を注いだ「脱走」の章が「世界」に発表されると、同誌に断続連載中たびたび忌憚なく批判してきた田辺は、《心から、『迷路』の克服を祝福讃嘆申上げます》と長い手紙で祝った。この時期、田辺は「死の哲学」の構想と執筆に着手して彌生子にも告げ、残りの人生の終末までこの主題をすべての思索の中心にする。

『迷路』の最終巻の第六部が昭和三十一年十一月に出版された直後の、十二月には早くも彼女は『迷路』の続篇を書く考えをかためた。野上文学に親炙する文芸評論家瀬沼茂樹宛の書簡で、主人公省三は延安を目ざして脱走し日本軍の銃弾に倒れるが《倒れたのみで、まだ死んだことにはしないつもり》で、『迷路』を書き直す時間と努力を、《続篇にそいだ方がよからうと考へてをります》とつたえている。続篇の主題を、人類の迷路にまで展開させたい意図を田辺へ書き送った彼女に、田辺らしい最大級の感激と共感をよせる返信がきた。

翌年三月に『迷路』完成を祝う会が催された。〈「迷路」のことはもう過去である。もんだいは未来で、その方がいまは私のこころを奪ふ〉(日記から)という彌生子は、版元の岩波書店の編集者に一度は断り状を出したが、人の好意をこれ以上無にするわけにいかぬと思って応じることにした。会の発起人は、安倍能成、大内兵衛、小宮豊隆、河野与一、谷川徹三、中村光夫。彌生子は、夫を介した知識人の男友達に恵まれていて自分の仕事に大いに生かしたが、その一端が発起人の顔ぶれでもわかる。

学士会館で催された会には、漱石門や大学村のグループ、女流文学者会など多数集まり、共産党中枢の宮本顕治と野坂参三も出席した。野坂参三は彌生子と初対面であった。彼は、『迷路』の続篇を書くために延安のことなど聞きたいという彼女のねがいをうけて、会の十日後に成城の家を訪ね、午後の二時間親しく語った。三男燿三の妻三枝子が陪席して話を筆記した。野坂参三は、続篇の主人公を党員にするかどうか迷っている彌生子に、党の外の者にしたほうがよい、と党生活の内実を知りぬいた人の助言を与え、彼女の中国行きも勧めた。

続篇を書くとすれば中国をぜひ見ておく必要がある、と彌生子自身も考えていたところへ、同年六月に中国人民対外文化協会と中国作家協会からの招聘で彼女の訪中が実現した。まだ中国と日本の国交が回復していない時代である。

彌生子は、三男の妻三枝子を秘書役に伴って六月二日に羽田を出発、インド航空のプロペラ機で香港へ行って一泊し、広州に一泊、さらに三日二夜の汽車旅で北京に到着した。広州で、旅行についての希望を聞かれた彌生子は、北京での二週間の滞在はホテルではなく一般の民家に宿泊したい、訪中のいちばんの目的である延安へ行きたい、と二つの希望を出した。無理難題というべき希望であるが、中国側の関係者たちのたいへんな尽力によって、彼女のワガママな願いは二つながらかなえられた。

秘書役で同行した三枝子の話（シンポジウム「野上彌生子先生をしのぶ」）によると、北京に着いたとき、彌生子を招いた中国作家協会から、中国の作家のだれに会うか申し入れがあった。すると彌生子は、「作家というものは作品を読めばよろしいのです。お目にかかる必要はありません」と、じつにきっぱりと断って、三枝子をおどろかせた。

まだ空路のない昭和三十二年当時の延安行は、難渋する大旅行であった。『私の中国旅行』（昭和三十四年刊）の「延安旅行」の章で、彌生子たち一行（医者と運転手二名も加えて総勢九名）の行程をたどると、まず大同から北京に戻り翌日の飛行機で西安へ、西安から銅川まで汽車で七時間、銅川から先は汽車がないので、貨車に積んできたフォードとジープに分乗してさらに二時間あまりかけて黄陵という寒村で一泊、翌日また山間の難路のドライブでようやく延安にたどり着いた。彌生子は車に揺られて頭からまっ白に埃をかぶりながら、その瞳は爛々と輝いていた、と三枝子が語っている。帰途は再び難所のドライブと、銅川一泊をはさんで西安まで車で戻り、北京、上海を経て七月十日に帰国した。

その一週間後には、例年どおり北軽の山荘へ移った。《ずいぶん強行軍をいたしましたのに一向にさわりなくピン〳〵いたしてをります》と、七十二歳の彼女は知人に帰国報告の便りを出している。

翌三十三年一月、『迷路』が第九回読売文学賞を受賞した。明治末にデビューして以来五十年、彌生子が初めてもらった文学賞である。彼女は、「この年齢で思いがけなく……」と題した受賞の言葉の中で《心から御礼を申あげるついでに正直なうち明けを許して頂けば、これが三、四十年まえだったらさぞうれしいであろうと思う。こんな気持もいよいよ老境に及んだしるしかも知れない》と述べた。選考委員の宇野浩二が、叮嚀な選評を書いて《この小説は、日本には珍しい背骨のふとい作品》《作者の一世一代の長篇であるばかりでなく、昭和文学界の最高峰の一つである》と讃えた。

彌生子は、中国旅行四十日間の見聞と感想を「世界」に七篇発表し『私の中国旅行』にまとめて岩波新書で出版したが、『迷路』の続篇には着手しなかった。主人公を延安からつれ帰って戦後の日本で生かすとなると、自分が描ける範囲を超えたものになるので続篇は無理、と彼女は考えて、そこから新たに次の小説『秀吉と利休』の構想が生まれた。『迷路』で、老貴族江島宗通を創造して描ききった自信が、秀吉と利休という大物に取りくむ意欲を後押ししたにちがいない。

《唐木氏の利休は見事な力作と存じます。あれをタネに頂いて小説を書き度くなつてをります》と彌生子が田辺に書き送ったのは、前年の中国旅行の体験記を執筆中の昭和三十三年六月である。五月から彼女は体調をくずして医者にかかり（目まいと嘔気におそわれ、血圧が平常値の百四十から百五十五に上る）自宅で病臥中に、唐木順三『千利休』を読んだ。唐木順三は田辺元の高弟で、彌生子も懇意になっていた。田辺に手紙を出して数日後に成城へ訪ねてきた唐木にも、彼の『千利休』に触発されて小説に書きたいと話すと、参考になる史料数冊がさっそく彼から届いた。

彼女は『秀吉と利休』の初稿を書きはじめるまで、準備に一年かけて、参考文献をつぎつぎに読み取材にも出かけて準備に没頭した。歴史小説は、戦前に中篇「大石良雄」を書いたが本格的に手がけるのは初めてで、食べもの一つ日用品一つにいたるまで時代考証だけでもひと仕事であった。準備を進める間、唐木順三はもとより、和辻哲郎から桃山時代の建築の写真集が届き、谷川徹三は茶道に関する知識と古い文献を教授する、というふうにほかにも何人もの男友達が彼女を助けてくれた。こうした恵まれた交友関係は、夫豊一郎が彼女にのこしてくれた大いなる遺産である。哲学者谷川徹三と夫人は、一人息子の谷川俊太郎が赤ん坊の頃から、大学村の親しい隣人である。彌生子は、利休に末っ子の息子があったことにして書いてよいかどうかも谷川に相談し、彼の賛成を得て、三男紀三郎を創り出して登場させた。紀三郎は作中で若い世代の視点から利休を批判することになる。

フィクションは、最もリアルなものの積み重ねから構成されなければならない、と信じて田辺宛の手紙にも書いている彌生子は、『秀吉と利休』の執筆にかかってからも丹念な資料調べに励んだ。田辺は、彌生子が入山するシーズンを迎えた昭和三十五年五月、《拝晤の時機も愈〻近づいて参りました。楽しみに御待ち申上げます。但し、余り沢山に参考文献御持込みは、御眼の為にも御よろしからぬかと懸念申上げます》と便りに書き、《御創作が考証に堕して核心がぼやけることは、これも御警戒を要する所ではございますか《ママ》》と卒直に忠告した。

二人の文通は、相思相愛の間柄で年月が経つうちに最初よりも間遠になったとはいえ、こまやかな手紙のやりとりがつづいていた。彌生子が大学村で暮す半年間、田辺から受ける午後の哲学講義は、何年経っても天体の運行のように正確でくるいなく行なわれた。彼女が『秀吉と利休』の執筆を午前の日課にしていた昭和三十五年、田辺山荘での講義はマラルメをテキストに選んだが、田辺の話は四方八方へとぶのでテキストをこえて哲学一般について学ぶことになる。十一月になって彼女が東京へ去る二日前、その年最後の講義を受けた。これが本当に田辺元の最後の講義になった。

年が明けて三十六年正月二日に、田辺の体の異変を知らせる電話が大学村組合事務所の人から、東京の彌生子にかかってきた。

田辺は元旦に、右手が痺れるので机を離れて横になったが、住込みの梅田夫妻の制止をきかずに入浴して風呂場で倒れた。気分はたしかで言語障害もなく、弟子たちには知らせるなと言う。しかし野上の奥様だけには黙っているとあとで叱られるから、と地元の人が電話してきたのである。彌生子はすぐに、次男茂吉郎の少年時代からの親友で群馬大学精神科の臺弘教授に連絡をとって、同大学の内科の教授とともに来診してもらい、田辺の一番弟子の唐木順三にだけ内密に知らせた。診察の結果、田辺は脳軟化症で、症状が日ましに悪化して言語がもつれ麻痺の度も増したので、入院の必要あり、となって一月十日に前橋の群馬大附属病院へ寝台車で移送した。すべての手配は彌生子が咄嗟の判断で進めた。

彼女は風邪が十二月から長びいて、半病人のありさまで、入山したくてもできなかった。彼女から大学村の田辺へ宛てた一月三日付の見舞状が、『田辺元・野上弥生子往復書簡』に収められている最後の手紙である。

翌年四月に田辺が入院先で亡くなるまで、彌生子は前橋へ何度か見舞いに出かけた。病室の田辺は、半身麻痺だが言語障害は六分ぐらいよくなった。「死の哲学」を人生の晩年期の主題にした田辺元であるが、病床にあって死を問題にしているようすもなく楽観的なので、弟子の唐木と西谷啓治はまさかの場合に必要な遺言書のことを、枕頭で切り出せなかった。それを聞いて彌生子は日記にしるす。

〈この三、四年、死こそは先生の思索の主題で、つねにそれと対決してゐるらしく語られたのに、今になつてもそれを近いものとは考へられないのは不思議である。平凡人ならこれもムリではない　しかし先生ほどの人がとおもはれるが、それでも「死」「と」ともにある事が実感されないのは、やつぱり「人間」の愚鈍さであらうか。〉

遺言書の件は、見舞いにかよう唐木と西谷がやがて機会をみて切り出し、「万事、西谷、唐木、大島［康正］に託す」という師の意志に従って弟子たちが、蔵書は京都大学に、蔵書の一部と田辺山荘の土地家屋は群馬大に寄贈、住込みの梅田夫妻には長年の奉仕の報酬として彼らの今住んでいる家屋と土地を贈与する、などの細目をきめ師にはかってから公証人立会いで作成した。

田辺は秋頃から幻覚が出るようになった。〈先生は声は低く、不明瞭な点もあるが、このごろ天井の壁いっぱいに現はれる幻覚についてさかんに話された。幼時の記臆《ママ》のものが殆んどで、大名行列なども現はれる。色彩がなんともいひ知れぬ美しさとのこと。釈迦三尊の来迎図、マンダラも僧侶らのそれらの眩《ママ》覚とおもはれなくもないと語ると賛成された。〉

彌生子の最後の見舞いになった翌年四月、亡くなる三週間前にも、田辺は幻覚についてさかんに話した。二月頃から、よくお念仏の声もきこえると言っていたことを、彼の没後に彌生子は、病室に泊りこんで臨終まで付添った梅田の細君のお千代さんから知らされた。〈西欧哲学の合理主義に徹した思考者の耳が最後にはやっぱり念仏のこゑをきいたといふ事に私はなにか愕然たるものをかんずる。〉

田辺元は、危篤の知らせで彌生子が行ったときすでに昏睡状態で、彼女が病院をいったんひきあげたあと間もなく息をひきとった。昭和三十七年（一九六二）四月二十九日没、享年七十七。五月六日に北軽大学村の田辺山荘で告別式が行なわれた。唐木順三が田辺の晩年の著作「メメント　モリ」の一節を読み、十余年前の田辺夫人の簡素なお葬いと同じく会葬者たちが献花した。

翌年六月、田辺山荘の庭に記念碑が建てられ、除幕式には告別式よりも少ないが約五十人集まった。碑石はスウェーデンの黒御影石で、表側に「私の希求するところは　真実の外にはない」と田辺の筆蹟が刻まれ、裏側に田辺元の名とちよ夫人の平仮名書きの名が並んでいる。田辺の遺志を守り、夫妻の遺骨は特別な許可をとってこの碑の下に埋葬された。碑は〈瀟洒、典雅〉と彌生子の日記にあるが、私が平成十七年（二〇〇五）に訪ねたときには、もう長らくうち捨てられている印象で、碑の台石の白い鉄平石も汚れて殺風景にぽつんと建っていた。彌生子は生前、毎年入山すると〈先生の御墓詣り〉を欠かさなかった。田辺元を看取った梅田夫妻には、その後ずっと彌生子の山荘生活の手伝いや夜の泊り番を頼んだ。

『田辺元・野上弥生子往復書簡』（竹田篤司・宇田健編　平成十四年刊）に収めた手紙は、編者あとがきによると、彌生子の没後十年が過ぎた平成七年から九年にかけてそれぞれの書斎から見出された。田辺宛彌生子書簡、彌生子宛田辺書簡、どちらもきちんと箱におさめられていて、彌生子の書斎にしまわれていた箱には、「先生からの手紙」と上書きしてあった。

第七章　『秀吉と利休』――虚構の力

彌生子が田辺元と永別する年の一月に、三年前から書き溜めてきた『秀吉と利休』の「中央公論」連載がはじまり、翌昭和三十八年（一九六三）彌生子七十八歳の九月に完結。女流文学賞受賞作に選ばれた。彼女は自作について語っている。

「あの小説は『クォ・バディス』のネロとペトロニウスの政治家対芸術家という対立関係が、秀吉と利休のイメージに結びついて出来たものです。だから批評家のかたがたが『芸術家が権威者に勝った』という主題をあそこから読みとったのは当然だと思うけれど、実は、私は利休が死によって自分自身に勝ったことを書きたかったの。利休にも人間の二面性がある。しかし芸術家の彼を守り通すため妥協せずに死んだ――そう考えたかったのよ。」

彼女が田辺の哲学講義から学んだ、人間の二面性、二重性は、次の長篇『森』でも作品の主題の一つになっている。

『秀吉と利休』は、まず冒頭の章の書き出しが素晴らしい。

《堺《さかい》の家では、朝寝も利休には愉しみのひとつであった。とりわけその日は、まえの夜おそく帰りついたくたびれもあり、晩春の熱量のました太陽が軒のすかし窓を通し、部屋の障子のひと枠、ひと枠を黄じろく染めるまで、おもいきり寝ぼうをした。

それもきまりで、起きると朝湯の用意ができている。

土地らしい潮湯のむし風呂である。粗らいすきまのある床の下から吹きあがる潮の香の強い湯気は、まあたらしい筵《むしろ》を通して、浴槽いっぱいにもうもうとたち籠《こ》めている。狭い戸は、大男で七十に近づきながら骨格、肉づきに衰えのない利休には窮屈すぎても、なにか躙《にじ》り口をはいるような身のこなしで上手にもぐりこむ。はおった麻の浴衣《よくい》は洗布でもあった。冬でもないかぎり長くははいっていないが、からだはたんねんにこすり廻す。熱した塩分の浸透は、肢体から関節のふしぶしまで鞣《な》めし、なおまた湯気でねっとりした皮膚に、板敷の大だらいの水をざぶざぶ浴びる爽快さはいいようがなかった。》

一行一句まで申しぶんのない文章が、利休という人物の持つ色気まで表現し得ている。長篇歴史小説の書き出しとして抜群の魅力と風格をそなえている。この作家が長年書くことを鍛えてきた精進の達成を見る思いで、何回読んでも冒頭から私は魅了される。

むし風呂を出た利休が、隣りの小部屋で着がえを膝において待つ後妻りきと交わすくつろいだやりとりにつづいて、《聚楽第内に住むようになってからは、朝湯はおろか、利休は床にもゆっくりはしていられなかった。秀吉は時刻かまわず現われた。場合では前触れもない》という聚楽第内の利休屋敷での、明けくれ気の休まるひまのない生活が描かれる。『秀吉と利休』は、秀吉が京都に聚楽第を構えた翌年の天正十六年（一五八八）晩春から十九年二月の利休切腹まで、利休の晩年三年間を、それまでの彼の閲歴や時勢にともなう秀吉との関係の変化を随所に入れながら、綿密な構成でたどっていく。利休が織田信長の茶頭の頃には秀吉を「筑州」と呼びすてにして、秀吉のほうは手紙一つにも「宗易公」の敬称を用いていたが、信長の死と秀吉の天下統一で利休は「関白様」と呼ぶ秀吉のお抱えの茶頭になり、有能な政治顧問の役割もはたした。利休が追求する侘び茶の理念を具体化するのに秀吉は必要な保護者で、秀吉にとっても利休はなくてはならないものであった。利休は秀吉の十四歳年上である。

二人は《あれほどの傾倒、信頼、敬意にもかかわらず、稀有にすぐれた者同士のむすびつきに絡まる白刃の切っ先きが、時にかちと鳴りかねない拮抗》をみせるのを、秀吉の弟の大納言秀長だけが見抜いていた。作者は、秀長の炯眼を通して利休の最期を暗示する。利休の一番弟子の山上宗二は、彼の一本気をよく知る利休から、なにごとも《御機嫌次第》の関白様の前では十分に慎むように忠告されていながら秀吉の逆鱗に触れ、両耳と鼻をそぎ落とされて処刑された。宗二の処刑にいたるまでと、愛弟子の無惨な死がとりついてさいなむ利休の胸中が、入念に書きこまれて、利休が切腹の極刑で最期を遂げるなりゆきの伏線になっている。

利休処罰の原因は、大徳寺三門の竣工にあたり寄進者の利休の木像を楼上に飾ったこと、茶器や茶道具の鑑定と売買で不当な利益を得ている売僧《まいす》の行為すなわち汚職、の二件が歴史家の研究によりほぼ定説になったものの実証する手だてはなく、真相は謎である。

小説は、実証にしばられずに謎にせまることができる。『秀吉と利休』では、利休が秀吉の唐《から》御陣（朝鮮出兵）を批判した言葉が彼のいのち取りになる。利休は、後妻りきの兄の能役者鳥飼弥兵衛の饒舌につり込まれて、「唐御陣が、明智討ちのようにいけばでしょうが」とうっかり口にした。

彼の不覚な一言は、妹のりきとちがって軽佻な弥兵衛から石田三成につたわり、三成から秀吉の耳にとどく。三成は典型的な官僚で、彼と同じく秀吉の側近は側近でも茶頭の利休が政治に介入することを許せず忌み嫌っていた。利休の失言は秀吉の怒りを買い、利休失脚をはかった三成一派の策は成功する。つねに利休を最も理解し、庇護してきた実力者の秀長が病死した矢先のことだ。秀吉は、聚楽第から追放し、堺に蟄居を命じた利休が謝罪も赦免の願いもする意志がないのを知ると、三成を呼びつけて「あの坊主奴に腹を切らせろ」と言い放つ。《あの憎く、腹の立つ、しかもかけ替えのない、そう思うことによっていっそうこころの惹かれる、それでなお憎く、腹のたつものと完全に絶縁するには、殺してしまうほかはない。》

数日を経ないうち、利休は地上から抹殺された。しかし《最後まで彼〔利休〕は疑わなかったのだ。秀吉は彼を殺すことによって、彼からなに一つ奪い取ることはできないことを。》利休の首は獄門にかけられ、彼の木像まで磔刑にされて、聚楽第に近い一条戻り橋のたもとに並ぶ。この終章の場面で、見物の人だかりに紛れて三男紀三郎は父のさらし首と逢い、それまで批判の眼を向け逆らいつづけてきた父が、生きられるかぎりの強さ、ひろさ、逞ましさで生きぬいたのを認める。史実にない、作者の創造した利休の三男紀三郎は、第一章で十八歳の若者で登場し、実在の人物たちとともに生きて若い世代の悩みや彷徨を体現する。同じく作者の創った能役者鳥飼弥兵衛も、架空の人物とは思えないほど自然な存在感で作中にとけこんでいる。

彌生子はこの長篇小説を書きあげたあとで、利休というと茶聖とあがめられているけれども自分たちと同じ人間のレベルで考えてみたい、彼も非常に複雑で、堺の一商人として、ことにあの時代を生きた人として「利休にも何人もの利休が、一人の利休のなかにあったんだし、豊太閤のなかにも何人もの秀吉があったんだということね」と語っているが、その意図を実作で十全にはたした力量は卓越している。生活者利休の姿、矛盾も複雑もかかえた彼の人間臭さ、そして秀吉のやはり複雑な人間像がこまやかに生き生きと描き出される。

さらに、当時の生活風俗の細部描写も行きとどいていて読者をたのしませる。たとえば、聚楽第の寝室の秀吉お気に入りの寝台は、南蛮渡来の、彫刻と鍍金《めっき》のおもおもしいマホガニ材のダブルベッドで、その広い幅にひとしい緋びろうどの長枕に、金糸銀糸で竜紋を浮き織にした紫緞子の布団。利休が堺の家で食べる朝粥の膳の献立や町家の日用小物など。

彌生子の講演「秀吉と利休をめぐる」（昭和四十一年）によると、利休切腹の原因として、秀吉の唐御陣に対する批判を彼女は設定したが、「従来はこの説を主張する人はなかったのでした。」　彼女の設定は、『秀吉と利休』の読者を十分に納得させる。説得力がある。この虚構が、利休の死因の真実をついているのを、読者のだれもが認めるであろう。

『秀吉と利休』は、史実と虚構を駆使した歴史小説の秀作である。彌生子は晩年の談話で、いちばんの自信作に挙げている。〈全く日本の作家で七十をこえて立派な本格的な芸術作品を書いてゐる人はほとんどない。私はこの例外でありたい。〉（『秀吉と利休』執筆中の日記から）　彼女は例外をみごとに実践した。

『秀吉と利休』は好評で、単行本になって十ヶ月足らずで三十版をこえる増刷を重ね、毎日新聞で本年度の傑作の第一位にあがるなど高く評価されたが、〈作家はつねに踏み越えて行かなければならない。一度書いたものの賞讃やよい評価に足ぶみしてはならない〉と、彼女は間をおかずに新たな中篇にとり組む。

中篇「笛」（昭和三十九年十月「新潮」）と「鈴蘭」（四十一年一月「世界」）は二作ともに、貧しい生いたちの女性を主人公にして庶民の生活を描いている。

「笛」の主人公つねは、戦後まもなく夫が四十過ぎたばかりで病死して、生活難のなかで子供二人を育てあげ、六十代にかかった。表題になっている笛は、京浜工業地帯で働く工員の夫が、職場で洋楽部に入って熱心に吹いていた、形見のフリュートで、つねは西洋笛と呼んでいる。父母の顔を知らず山形の田舎の孤児院で育ったつねには、家庭づくりが至上の悦びである。夫の死後は、いずれ子供が結婚して孫ができて親子三代の家族で暮す「家」に人生の夢をかけてきた。しかし成人した息子と娘はそれぞれ自分の生活設計を立てて、母親とは同居しない意志をはっきり示す。生き甲斐を失ってさまよい歩くつねの耳に、亡夫の吹くフリュートの音色がきこえてくる。つねはその美しい音色にきき入りながら、無人踏切で電車にあっさりはね飛ばされて死ぬ。

「鈴蘭」の主人公滝村さとは、つね以上に貧しい育ちで、現在四十二歳で独身、都内の化繊会社の支店の販売主任代理である。彼女は、働いて食べていくのに精いっぱいで恋愛も結婚も縁がなく、この年齢まで仕事ひと筋にやってきた。住みついて十年になる郊外の安アパートと勤め先の間をバスで往復するだけの毎日で、しかし惨めな境遇から這い上ってきたさとには満足な暮しである。

さとは子供の頃、外神田の裏長屋の三畳間に病身の母と二人で住み、飲食店のごみ箱から残飯を拾って飢えをしのぐ日もあった。裏長屋の壁ひとつ隣りに伯母一家が住んでいて、さとと母がどうにか生きていられたのは、伯母のつれあいで飾り職人のおじさんのおかげで、《せむしで、半纏《てん》の背中に、大きなどんぶりを押しこんだやうな恰好で仕事盤にかがみこんだをぢさんは、終日そこから離れず、夜はまた夜なべに精をだすのである。》そのおじさんは戦時中にさともいっしょに疎開した田舎で、彼女に精巧な鈴蘭のブローチを作ってくれた。鈴蘭のブローチは、今となっては、さとがはじめから天涯孤独ではなく血縁がいた過去を証拠立てる唯一の記念品であり、彼女の極貧の少女時代の形見でもある。彼女は自力でけんめいに築いた《こんな暮し方》を後生大事にまもって、夢の中で一人烈しく泣いた翌朝も、いつもどおり八時にバス停留所に立つ。題の「鈴蘭」には「どこかのバスの停留所にも」と副題がついている。

二つの作品は、それまで中流、上流階級の人びとを中心に描いてきた彌生子が、庶民の世界にとり組んだ意欲作であるが、残念ながら成功していない。「笛」は大雑把に要約すれば、家族制度が崩れて核家族化が進む時勢にとり残された老母の孤独と幻滅の悲劇で、彌生子の言行や日記に見るとおり家族愛が特別に強い彼女としては、なおざりにできない問題であろう。旧世代の女主人公つねに寄り添って書かれ、丹念な描き方に不足はないのだが、しかし読者の心へいっこうにひびいてこない。訴えてくる力が弱い。

「鈴蘭」も全篇叮嚀に描かれているが、この題材を選びこの女主人公を設定した作者の意図がよくわからぬままで、冗長な作品という印象が残る。「鈴蘭」は、新聞の文芸時評（「朝日」は江藤淳、「読売」は山本健吉）で酷評され、彌生子自身も失敗作と日記で認めている。

〈悪評さく／＼といつたところ。鈍重に過ぎて魅力がない、おそろしく古風だ。これらの批評はどちらも当つてゐるとしてよい。（略）どちらにしろ八十の年寄りといへばその年齢に対して、いひ度い事も控えるところが対人的にあるわけだが、その点いつから御かまひなしにぴし／＼ヤリ玉にあげるところはこの世界の厳しさ、よさ、有りがたさと思ふ事によつて、これらの批評はいつそ快く、またつゝましく反省された。〉

「笛」は四百字詰原稿用紙で約百五十枚、「鈴蘭」は約二百枚。二つの中篇は、『迷路』『秀吉と利休』の出来ばえとくらべると、がたっと落ちる。次の長篇『森』とあわせて彼女の三大代表作が示すとおり、野上彌生子は長篇小説で本領を発揮する作家である。「笛」「鈴蘭」が冗長で出来がわるい理由の一つは、長篇作家彌生子の文体と構成力を、中篇に持ちこんでいるからだと私は思う。ビルディングの工法で小住宅を建てたようなものである。

この中篇二作は、題材も彌生子に向いていない。彼女は、戦後になって日本人の階級意識が薄らぐ以前には上層中流《アッパーミドル》に属し、当時は下層階級の庶民との階級差がはっきりしていた。彼女は戦前に住んでいた日暮里で、夫と散歩がてら近くの映画館に初めて入り（いつもは都心の封切館で観ていた）、観客席を埋めた地元の労働者や店員や家族づれを〈この汚らしい、むん／＼した一塊の人々。私たちの環境とはいかに距離のある存在であらう〉と日記にしるしている。

こういう差別視を、戦後もひきずっていることは彼女の言行や書いたものからうけ取れる。庶民を描くとなると、女主人公を孤児院育ちや、ごみ箱の残飯をあさる極貧の生いたちといった極端に惨めな境遇に設定してしまうのも、上層の人の感覚である。

作家はどんな階層や職業の人間でも想像力と創造力を駆使して描くが、やはりそれぞれ得手不得手がある。彌生子は、生まれてこのかた貧乏とは無縁で、お金のために働いたことも人に使われた経験もない。実生活と作品は別ものとはいえ、庶民の実相に疎い彼女には、読者をうつだけの真に迫ったものを創作するのは難かしい。「笛」「鈴蘭」と同じ題材で、たとえば佐多稲子が書くとすれば、庶民の心情の機微やささやかな暮しの哀歓をきめ細かく描いて人物たちに命を吹き込み、読者の心にのこる作品になるにちがいない。そのかわり、というのもおかしいが『迷路』のブルジョア娘多津枝の生き生きとした存在感や魅力は、他の書き手の追随を許さない。

『秀吉と利休』の次には短いものを、そしてこんどは現代ものを書きたい、ということは実作者の生理としてあるにせよ、彌生子の年齢を思いあわせると、『秀吉と利休』ほどのすぐれた長篇力作にすぐつづけて、新たな試みであえて不得手な庶民の世界を題材に選んだタフな意欲には感服させられる。さらに彼女は「鈴蘭」を書きあげると、次には自伝的長篇小説を書く準備にとりかかり、青山なを『明治女学校の研究』などの参考文献をとり寄せた。

彌生子は「鈴蘭」執筆中の昭和四十年秋、八十歳で文化功労者に選ばれた。のちに八十六歳で文化勲章を受けたときには、親授式に欠席し代理人も出さなかったが、文化功労者の顕彰式には山から下りて出席した。前年秋に新調した利休ねずみの訪問着に金無地の帯の正装で出席し、式のあと天皇の前で坐ったまま順に一人数分ずつ話すとき、彼女は二分ほど北軽の熊の話をした。〈天子さんは想像してゐた通り、また接した人〻の噂の通り、ウソのない、善良な人らしい。まつ正面であつたが私の視力には黒い服と、血色のよい顔いろが見えたに過ぎなかつた。〉(当日の日記から) 十月末の受賞者の公式発表以来、執筆を妨げる身辺のさわがしさがつづいていた。〈とにかくこれで今度の喜劇もフィナレとなつた〉と彼女は、顕彰式の翌日午前中に東京を発って山荘へひき返し、机に向から日課に戻った。

翌四十一年、彌生子は息子や医者のすすめで東大病院の人間ドックに入った。長篇随筆

「一隅の記」は、八十一歳で初体験した人間ドック入りを、持ちまえの旺盛な好奇心でくわしく書きとめた記録に、三週間の入院生活のあれこれが呼びおこす若い頃や欧州旅行の回想が加わり、内容豊かな面白い随筆になっている。

入院した老人科には風呂がないので、彌生子は付添婦の誘いで銭湯に行く。散歩がてら銭湯にかよう界隈は、その昔彼女が上京して東大のすぐ裏手の町の叔父の家から明治女学校に通学した時代の思い出につながる。また東大赤門前の通りでは、消えてしまった店の一つの松屋が、東大の教授連や学生たちの行きつけの文房具店であった往時をしのぶ。夏目漱石も職業作家になる以前は用いたであろう松屋の原稿用紙を、彌生子は漱石に見てもらう処女作で使い、その後も松屋の《ブルーのわりに太目な線のすがすがしい10×20の原稿紙》を、漱石山房の木曜会に出かける夫豊一郎に頼んでは買ってきてもらった。この回想から、彌生子が半ピラと呼ぶ二百字詰原稿用紙を終生使いつづけたいわれがわかる。

彌生子の健康診断にあたった吉川政己教授は、三男燿三と七年制の東京高校以来の友人で、専門は医科と物理学科に分かれたが同じ東大の教授仲間。燿三の一人娘すなわち彌生子の孫の三千子は、東大哲学科の学生で、彌生子の東大病院入院中は燿三親子が毎日のように顔を見せた。日頃から彌生子は東大生の孫娘を、哲学や文学の話では私のもっともよい友人に育ちあがった、と愛でていて病室でも三千子と話がはずんだ。

人間ドックの検査の結果は、軽い腎機能の低下と、「眠る石」と呼ばれるサイレントの状態の胆石が見つかっただけで他に異常はなかった。

このドック入りの前年に彌生子は、北軽の山荘へ移る前の健康チェックを東大老人科の吉川政己教授に乞い、その検診がしきたりのようになって、九十九歳の山荘行きの前の五月まで二十年間つづいた。燿三が毎年付添った。

毎回診察した吉川教授の「野上弥生子先生の想い出」（全集第Ⅱ期月報所載）の、二十年にわたる診察所見の要約からひろってみると、八十歳代の彌生子は、脳、心臓、肺、消化器などに異常は認められず、筋・骨格系もしっかりしていた。九十歳代に入ると、体重が八十一歳入院時の五十一・五キログラムから四十キロ代に低下、最晩年は三十八キロ。彌生子本人のいちばんの訴えは、もともと弱い視力の低下であったが、九十七歳で行なわれた白内障手術で視力が恢復した。九十過ぎて明らかになってきた腹部大動脈瘤は、本人に自覚症状がないので知らせないまま、高齢と体力を考えて手術せずに経過をみた。大動脈瘤が示す動脈硬化性変化が、彼女の脳や心臓に障害をもたらす病変に進まなかった予防効果の一つに、少食の食生活の習慣を、吉川教授は挙げている。

ここで彌生子の老年の食生活を、随筆と家族の話から引いて紹介しておこう。朝食代りに抹茶を飲む習慣は「私の茶三昧」によると六十代にはじまり、亡くなるまでつづいた。

彼女は朝早く起床すると、顔を洗うヒマも惜しいぐらい頭がぴーんと冴えていてすぐ仕事机に向かう。一時間か二時間近く経って頭が疲れてくるときが抹茶の朝食で、いつでも用意してある茶道具を机の上に移し大服にたてた抹茶を必ず二杯飲む。いっしょに空也のもなか、またはカステラを食べる。お昼は牛乳二合に、ありあわせの果物を食べるぐらいで、ご飯は夕食だけである。間食はいっさいしない。

この食生活は成城の家でも山荘でも同じで、満百歳を目前にして倒れる前日の夕方まで、自分で食事ごしらえをした。栄養補給として、吉川教授が処方するビタミン綜合剤と、牛乳に入れて飲む米国製のたんぱく食品の服用をつづけた。

彌生子は、郷里の臼杵地方でカイボシと呼ぶ鯵の干物が好物で、カイボシの串刺しを地元の親類からよく送ってもらった。彼女が来客にふるまう得意の手料理も郷里の味で、臼杵で茶台ずしと呼ばれる野菜ずし。田辺元の弟子たちにもふるまったすしである。作り方を書いた彼女の随筆によると、茶台ずしは、握りずしのたねになまぐさを使わないのと、たねを上下にのせるのが特長で、筍、莢えんどう、にんじん、胡瓜、しそなど季節の野菜を何でも使い、それに薄焼卵と椎茸はかならず加える。握るとき上と下とは別のたねにして、筍を上にのせれば下側は薄焼卵、椎茸が下なら上は青いもの、というふうに味つけの濃淡と色どりの効果を生かす。こうして握りわけたものが、大きな平鉢に並べられたところはモザイクのようでなかなか美しい、と彼女の随筆にある。白米の握りの上下に、小さい扇形に切った筍と、薄焼卵のきれいな色、といったとり合わせを想像すると清い感じのする野菜ずしで、美味しそうである。

茶台ずしは、山荘で一年の半分を暮す間の彼女のおもてなし手料理の定番で、うつわには山の朴の葉を敷いた。徳川夢声が、「週刊朝日」の長期連載「問答有用」で昭和三十二年七十二歳の彌生子と対談したとき、山荘でごちそうになった茶台ずしを《これが途方もなくおいしかった》と対談の前書きの「夢声前白」にしるしている。この前書きの文中に、次のような一節もある。《[山荘での対談は]およそ三時間くらい。この間、私より九歳年長のこのお嬢さまは、キチンとかしこまったままであった。私が今までに会った人の中で、天皇陛下と同じくらい、お行儀の良い人は、この人唯一人である。》

長篇随筆「一隅の記」に話をかえすと、彌生子がドック入りの入院中に、順天堂病院に入院している安倍能成を見舞う場面の記述がある。病床の安倍は衰えが著しく、彌生子が検査を了えて退院して十数日後、彼の訃報が届いた。安倍は彼女よりも一年五ヶ月年長で、享年八十二。哲学者の彼は、戦後は幣原《しではら》内閣の文部大臣になり、その後学習院院長を長年つとめて院長在任中に亡くなった。

六十年来の友人安倍能成を、アンバイというニックネームで彌生子は呼んでいた。彼女が〈永久の秘密〉にした中勘助との恋のいきさつを知る唯一の人として、特別な友人であった。安倍は、彌生子たち夫婦を若い頃からいちばんよく知る生き証人でもあった。

「彌生子をあれだけにしたのは、野上の力が大いにあるのですよ」と、安倍は生前語っている。

彌生子は、安倍と、夫を介したつきあいからはじまり、次男茂吉郎と安倍の長男亮（戦後まもなく病死）が仲良しの学友で親子二代の交友がつづいた。六十代で豊一郎が逝ったあと、代りに彌生子が謡仲間に加わり、異性の親友になった。〈ともに老ひ生きて行く友だちとしては彼[安倍]はなくてはならぬ存在である。〉（日記から）　安倍と彼女はともに謡歴が長いだけでなく、だれよりもぴったりとよく合う謡仲間で、同じ下掛宝生流の仲間たちとの謡会でいつもいっしょにうたい、夏の大学村では三日にあげず行き来して二人で二番、三番とうたった。

彼女は、安倍が揮毫してくれた〝鬼女山房〟の扁額を山荘の離室に掛け、『鬼女山房記』と題した随筆集（岩波書店刊）も出している。日頃からお互いにずけずけと悪口を言い合うのが親愛の表現で、「仲のいいケンカ友達だよ」と息子たちは面白がっていたが、その場限りの悪口の応酬だけでなく本気で衝突したことも何回かあった。

はじめのぶつかり合いは、彌生子の次男茂吉郎が昭和二十七年に学習院大を退職して東大教養学部の専任になるとき生じた。そもそも茂吉郎が戦後に九大助教授を辞めて学習院大で教えるようになったのは、彌生子が成城に家を買ったのを機に息子を東京に呼び寄せるため裏で運動した、つまり学習院院長の安倍に頼んだといういきさつがある。安倍は、茂吉郎が官立に引き抜かれるのを怒って、こんども彌生子が裏で手をまわしたと考えた。彌生子は彼と喧嘩腰の手紙のやりとりで、わが子を全面的に擁護し、時機を逃がさずに念願の東大へ移らせた。むろん茂吉郎にそれだけの実力があってのことだとしても、彼女の頑とした官立＝国立偏重の表れである。

彼女は、最後の小説『森』の連載第一回につけた〝作者の言葉〟の中でも、亡夫豊一郎にふれて《私立ながらとにかく大学で教え》（傍点引用者）と、必要もないのにわざわざ書いていて、そのこだわりにびっくりさせられる。

安倍は、その後彌生子と下掛宝生流の家元問題でまた衝突し、口論になったあとで「腹が立つけれど、離れられない」と、居合わせた知人にぽつんと言ったという。痴話喧嘩めいているが、いくつになっても異性との友情は単なる友情ではない、と彌生子も日記に書いている。亡き豊一郎に代って安倍と友情を深めた彼女は、社会的にも安倍と対等の間柄になった。昭和二十九年三月、東京會舘の「世界」百号祝いのパーティに出席した日の日記から——〈奥の部屋に陣取つた仲間［顔ぶれは、安倍能成、小泉信三、和辻哲郎、谷川徹三ら］は貴族院と称されてゐたが、長田さんに誘はれて私もそれに加はる。（略）私とアンバイ［安倍］の角づきあひは、一種社交的な挿話になつた形だ。〉彼女は、安倍たち〈貴族院〉グループの紅一点である。

『秀吉と利休』が昭和三十九年四月に女流文学賞を受賞したさい、安倍が「婦人公論」の依頼で書いた原稿は、彌生子に言わせると、直言を通りこして露悪と皮肉に満ちたもので、担当編集者が一部削ることを頼んだが安倍は許さなかった。編集部で結局ボツにしたので、露悪と皮肉に満ちているという原稿の中身はわからないが、彌生子も人のことを責められない。安倍能成逝去のさい彼女が「世界」に寄稿した「安倍さんのことさまざま」は、親友を追悼するというよりも、暴露と安倍批判のほうが多い内容で、本人は親愛の表現のつもりだとしても、ひとりよがりも甚だしい。活字で公表する追悼文になっていない。しかし彌生子は、「世界」に載ると読みかえし、急いで書いたので表現に不満足な点はあるが内容はこれでよし、と自分の追悼文に日記で及第点をつけている。こうした強気なひとりよがりを、安倍と長年つきあうなかでも見せていて、そこで彼は原稿を頼まれた機会にやり返したのかもしれない。

ともあれ二人は、安倍の原稿がボツになったあと夏の山荘で仲直りした。安倍山荘を閉じて帰京する前日に、彼のほうから訪ねてきて和解のしるしに「卒都婆小町」をシテ能成ワキ彌生子でうたい、〈悪口はお互ひに告別式の時にしよう〉と冗談を言い合って別れた。その頃から安倍のげっそり体力の落ちた老衰のきざしに、彌生子はおびえを感じていたが、翌々年六月に永別の日を迎えた。

「安倍さんのことさまざま」は、随筆集『一隅の記』（新潮社刊）に収められている。『一隅の記』は表題作のほか、七十八歳から八十三歳にかけて発表した随筆のうち十六篇を収録している。彌生子の随筆は長年、彼女の重んじる理性で整理され、豊富なものを削り落として筋張っていたが、この年齢までくるともう理詰めの固さから脱却してのびやかになり、読者をたのしませてくれる。

十六篇の中の「一樹の陰——吉田茂さんについて——」は、吉田茂の死去をテレビのニュースで知って、彼にまつわる思い出をつづっている。吉田茂の次男正男と彌生子の三男燿三が親しい学友であることや、長男の吉田健一の結婚の仲人をしたことものこの随筆に初めて書いている。敗戦後、まだ宰相になる前の吉田茂が次男正男とつれだって、すばらしい小春日和にさそわれ散策がてら下の軽井沢から北軽の彌生子を訪ねてきた日の回想の場面は、スケッチふうの情景描写ひとつにも彼女が長年鍛えて培った観察眼と文章表現力が生き生きとみちていて、この挿話の部分だけで一篇の短篇小説を読むような味わいがある。

彼女は回想につづけて、《私があえて権門との接触を好むかのように見るものもあるらしく》不快なのでこのさいはっきりさせておく、として吉田健一の結婚の仲人をひきうけたいきさつと、そのお礼に父親の茂が出向いてきたことをしるしている。健一の結婚相手の大島信子は、野上一家と北軽の山荘で隣人の間柄であった。彌生子のほうも、夫豊一郎の没後に大磯の吉田茂邸を訪問し、洋式の正餐と歓談で〈吉田氏としては最上のもてなし〉を示されて、日記ではすなおに感謝しているが、そうした吉田茂との個人的なつきあいには沈黙を守ってこの随筆の中でもまったく触れていない。良識的進歩人で岩波知識人グループの中枢の一人、という彼女の立場から判断しての沈黙であろう。

吉田健一が、野上彌生子について昭和二十六年「婦人公論」に小文を寄せている。彼は、まだ彌生子と会っていない頃、「インテリであるといふことが身についた女性」と友達の一人から聞かされ、彌生子と知合ってその友人の言葉に同感したという。

彌生子は、随筆と評論を、小説と並行してたゆみなく書いた。『野上彌生子全集』第Ⅰ期第Ⅱ期の中の七巻分を占める評論・随筆は、執筆期間が明治四十四年の二十代から昭和五十九年九十九歳まで七十余年にわたる。

評論は大部分が戦後になってからで、とくに政治的、時事的発言を戦後活発につづけた。昭和二十二年から三十二年にかけて書いた「婦人公論」巻頭言も、一種の政治社会評論である。彼女は八十二歳のとき言っている。私は政治運動に向かない人間なので、運動はやらない。でも政治にいやなものがあるからといって、日本の文学者には好ききらいだけで政治を避ける傾向が強いけれど、そうはいかない。「だって政治は空気みたいなもんで、私たちはその中に生きているんですもの。毎日の生活から切離せない以上、知らん顔は出来ないでしょ。」（「あれも、これも書きたい」）

彌生子の政治的関心の強さは、子供時代に芽生えをもつ。彼女の郷里臼杵は前述したように政争の激しい町で、政党の敵対関係が住民をも二分し（彌生子の生家は自由党）、選挙となると家庭でもその話題でもちきりであった。日清戦争は彼女が小学校低学年の頃で、町中が熱気に沸いた。選挙と戦争は、彼女の子供心に、母が敵味方を問わず必ず口にした「むげねえ」（最上の同情と憫みを表わす臼杵の方言）という言葉と結びつき社会へ目を開かせた。そこからはじまって、新聞も社会面より先に、政治面にまず目を通すのが彼女の一生の習慣になった。

戦後の彌生子は、昭和二十五年に米国国務省顧問ダレスが来日したさい、日本女性の平和に対する要望書を平塚らいてう、植村環ら四人と連名で提出、「トルーマン大統領への公開状」を雑誌「改造」に発表した。三十五年五月には、安保反対のデモに参加した。文化人グループの行列の先頭に、和服姿の七十五歳の彌生子が青野季吉と並び、佐多稲子、朝倉摂、開高健らと国会へ向かう報道写真が残っている。場ちがいなものが紛れこんだ感じ、と当日の日記に書いていて、たしかに彼女は一般の作家よりも政治的発言をしたがあくまでも発言で、行動の人ではない。友人宮本百合子と違って常に〝眺める人〟であった。彼女は、特定の主義主張の絶対化を疑い、行きつくところまで行くとそこからもう一度、弁証法的に転換する、と考える。そう考えてしまうところが、一つの主義にもとづく政治的実践運動をする人と私との違い、と語っている。

彌生子の戦後早い時期の発言を収めた『政治への開眼——若き世代の友へ』（和光社刊）の中の「学生の政治運動」は、私の学生時代に反撥と批判の的になった。学生運動がさかんな時期で、昭和二十八年春に私が上京して入った女子大にも活動家がたくさんいて、私のような弱腰の者も傍観していられない時勢であった。「学生の政治運動」で彌生子は次のように言う。

《私たちの毎日の生活において、なにより合理的で且つかしこい生き方は、自分の置かれた位置と時間を、可能の最大限まで利用することだ、といい得る。学生は学生として中分ないまでにその位置と時間をわがものとした上で、なお活潑な政治運動に挺身されるほどの余裕と熱情をもつならば、それも一つの行動として或る場合望ましいかもしれない。》しかし、一種の流行として、しずかな知識の摂取よりも、政治の渦巻に飛びこんでただもの騒がしく動くのは愚である、と説いている。

この文章をヤリ玉にあげた私たちの間で、野上彌生子のほかの発言もとりあげたかどうか覚えていないが、『政治への開眼』を今読みかえしてみると、時事問題や婦人と職業についてなど多岐にわたる発言に共通した彼女らしい〝良識〟が、「学生の政治運動」にもよく表れている。彼女の良識的見解は、〝眺める人〟の正論というか、若い女性へ助言するにしても学生の本分を説くにしても、理あって情なしで、親切な人間味が少しも感じられない。あたたかみがない。

しかし、境遇に恵まれ、人間関係の修羅場の経験もない彌生子に、人間通の情味や配慮を求めても無理である。彼女はその代り、同時代の女の書き手の大多数が苦しんだ目先の生活難や束縛にとらわれないぶん、自分の成長意欲をみたしながら広く社会や時代の動きに目を向けて発言ができた。そして、高齢になっても老い知らずの関心は身近な事柄から世界の趨勢、さらに宇宙へといきわたる。年をとるにつれて、論よりも自在に語る随筆に小説家ならではの実感とディテールの面白さが加わった。

彌生子は、対談と座談でも精神の不老をしめしている。彌生子全集第Ⅰ期の別巻に収録された対談・座談は、戦前のものから、九十六歳のときの対談とインタビューと座談会の三篇まで、全五十三篇。そのうち戦前の五篇のあと大半の四十八篇は戦後で、正確にいうと、夫豊一郎が逝った昭和二十五年以降に行なわれている。

豊一郎の生前、彌生子は仕事の場でも「野上さんの奥さん」で、彼女が先生と呼ばれるのを嫌ったせいもあって長年「奥さん」と呼んでいた、と元編集者の一人が書いている。夫の死去で、彼女は名実共に作家野上彌生子として一人立ちした。戦後の女性解放の時代の空気と、夫の死によって〈この度私に許された自由〉（日記から）という解放感が、彼女の底力をひき出した感がある。満身の活力を新たにした仕事ぶりが、対談、座談会にも表れている。

彼女はもともと話好きで、夫婦そろって人と会うと、相手が知的な人という条件つきではあるがよくしゃべるのは彌生子で、豊一郎は物静かにひかえていたという。

昭和二十年代の彼女は、夫と死別して四ヶ月後の「芸術・文化・世相 国のうちそと」（座談会 中野重治、吉野源三郎ほか）からはじまり、「日本文化のよき発展のために」（鼎談《ていだん》 三笠宮崇仁、中野好夫）、「私の見た日本の姿」（対談 エリノア・ルーズヴェルト）など、知識人女性の代表格と目されていたことがわかる。能楽をめぐる鼎談や座談会でも、彼女は専門家に伍して遜色がない。

若い頃から古今東西の文化に学んで身につけた教養に加え、哲学や歴史や自然科学を知的な糧にして、社会と政治にも関心が旺盛な彌生子は、語る世界が広く、抜群の記憶力が話をさらに豊富にして、対談の名手といわれた。その定評にたがわぬ面白さを、全集収録の各篇がつたえてきて私も陪席してたのしんでいる心持になる。年齢とともに、ユーモアに乏しい彼女なりに軽妙な味も出てきている。九十代の彼女は、加藤周一、大江健三郎、ドナルド・キーンら十人をこえる相手と自由闊達に語っている。

書くものにはストイックな彌生子が、語る席では相手やその場の雰囲気次第で、かなり立ち入った私事やホンネもしゃべっている。これが教養人を自負する作家の言うことかしら、と首をかしげたくなる発言もある。例えば、七十六歳のときの鼎談（池島信平、嶋中鵬二）で、「私の母がね、大変きれいな人だった。綺麗ッていうより、高貴な美しい人だったんでござんすよ。」

また例えば八十歳の対談（網野菊）の中で、「私のところみんな男の子でしょう。男は男として人間的に生きられるだろうけれども、女は馬鹿な娘だと、その苦労というのは、男のそれよりみじめなものだし、だから女の子なんていらないと思っていたんです。息子たちみんな私にとてもよくしてくれますよ。」

こうした手ばなしのぬけぬけとした肉親自慢や、同性でありながら女性を見くだした露骨な差別視は、知性や教養と関係なく幾つになっても変らぬものらしい。初期の身辺小説に見る身内贔屓や、〈あの子らに比べて、なんと女の子の下らない事だらう。娘のないのを今更にうれしくおもつた〉（五十歳の日記から）という彼女が、年をとってもそのままである。平然としゃべって活字にするところがまたいかにも彌生子らしい。

戦後の彌生子は、自らの文学観を評論だけでなく、対談や座談会の文学談義でも開陳しているが、自作に言及することは避けて、「執筆中は一生けんめいだが、書きあげると冷淡で、不満だらけで、のぞく気がしない。」「ほんとに冷酷で見向きもしないんですよ」と言っている。そうはいっても、長篇小説を書きあげて上梓すると数々のインタビューや対談に応じないわけにいかず、それらが作者の肉声による自作解説になっていて興味深い。『秀吉と利休』完結後の鼎談（谷川徹三、大島清）で、彼女は次のように打明けている。いままでの日本の歴史小説は、一つのストーリーとして書かれているのが多いように思う、「それをほんとうのフィクションとして書いてみたいと思ったんです。」

彼女は戦後、中断していた『迷路』にとりかかる頃から、私小説批判とあわせて、日本文学にフィクションを確立する必要を力説してきた。

昭和二十四年新年号の文芸誌で、新年号恒例の大家が並ぶ創作欄の志賀直哉と谷崎潤一郎の作品を読み、〈これが小説で通る日本はおかしな国である。人がなんといはうがこれはたんなる身辺雑記に過ぎない〉と日記で断じている。宮本百合子が急逝する一と月前の二十五年十二月、戦後の百合子との最初で最後になった公けの対談（翌年二月「婦人公論」掲載）でも、「日本のフィクションをほんとうに育てるために、十九世紀のイギリス文学の、あの大きな流れに慎ましく学ぶ必要があると信ずるの」と語っている。そして彌生子は長丁場の『迷路』執筆中、〈フィクションといふものの確立にこれが幾分でも役立つことを信ずる〉と自らを奮い立たせるようにしるす。次の『秀吉と利休』も『森』も、彼女が同じ信念をかけて書いたフィクションである。

彌生子が力説し、実作で目ざした文学観がもう一つある。彼女は、本格的な近代文学の樹立には、日本人の特性であるとともに大きな弱点である情感主義に一度きっぱり訣別し、理性と思想で貫かれた普遍性のある近代精神を、と戦後すぐの頃からくり返し述べた。大岡昇平の『野火』を絶讃して、昭和二十六年「展望」連載中に〈近頃この位感心した作物はない。〉〈アタマが下がる。〉〈これは戦後の日本文学の大きな収穫〉と日記にしるしている。

彌生子の情感主義批判、知性第一主義の標榜は、持ちまえの性向もあるにせよ、彼女が生きて書いてきた戦前からの〝時代〟を抜きにしては考えられない。

第八章　友人・宮本百合子——現代女性作家の先駆け

平林たい子が、昭和二十六年（一九五一）に「女小説家」と題したエッセイで、宮本百合子と林芙美子と田村俊子、三人それぞれの生前の特殊な境遇や性格を例に挙げ、《日本の女小説家はノーマルな環境や性格からは生まれない》と書いている。《それに日本の女小説家の大部分が離婚の経験をもっている。》《たまたま不幸にしてある女が離婚し、その上さらに再婚したとすれば、そのことは日本の女にとって絶大な資格になる。日本の女は、まだ、知識や教養の力で、体当たりの経験と同じ深さに間接体験できる能力をもっていないのだから。》　したがって、女小説家の離婚は彼女たちの人生と社会の修行になり、女小説家として絶大な資格になると述べる。

日本の女の離婚がありふれたことになっている今読むと、まさに隔世の感があるが、平林たい子特有の明快な筆法によるこのエッセイは、体当たりの人生経験と創作が地続きの女小説家が大勢を占めていた戦前のありさまが、戦後の昭和二十六年当時、まだのこっていたことをつたえる。

戦前から、堅実な結婚生活をいとなみ、《知識や教養の力》で書いてきた野上彌生子が、同時代の女流作家たちから距離をおく姿勢で通したのも頷ける。彼女は、戦後二年目の日記の中で、友人宮本百合子の知的な批判力、検討力を高く買って、しるしている。〈宮本氏によつて女流作家はカフェーの女給と同列に《ママ》おかれなかつた今までのみじめな地位を捨て去ることが出来るだらう。〉

平林たい子の「女小説家」は、宮本百合子の育ったブルジョアで自由主義的な境遇を挙げて、もし百合子が留学もできず、自力で生計をたてながら文学を勉強しなければならない娘だったとしたら、あれほど大成したかどうかわからないと述べている。

都会のインテリ家庭と地方の商家のちがいはあるが、彌生子も富裕と自由に恵まれて成長した。明治三十年代に、九州の小さな町から東京へ娘を出して進学させるような、財力と進取の気性をもつ親は稀れであった。彌生子の上京は、百合子の米国留学にあたる。

二人の交友は百合子が二十代の頃、文通からはじまった。百合子は、日暮里の彌生子宅を大正十一年（一九二二）三月に初めて訪問した日の日記に、彌生子の〈知的教養の深さ〉に感服して〈他の人々と比べれば第一人者〉としるしている。百合子の実家は本郷区駒込林町で、彌生子の日暮里渡辺町の住まいまで歩いて十数分の近さなので、百合子は林町の実家へ来るたびに彌生子を訪ねて長時間話しこんだ。〈文学のはなしでもしようと思へば矢張り百合子ちゃん位のものである。〉〈何を話しても彼女ほどよい理解と透徹した観察を示す人を知らない〉（日記から）と彌生子のほうも歓迎した。彼女は後年顧みて語っている。

「当時の女の人でものを書こうとする人は、もとよりいまのように多くはありませんでした。とりわけインテレクチュアル（知的）にものをみたり、考えたりする人は少なかったので、そういう中で私はいくらかそんな傾向があったため、百合子さんがほかの人とちがう関心を持たれたのが、ふたりを近づける動機になったのだと思うのです。」

この談話は宮本百合子没後二十周年、彌生子八十六歳のときの回顧で、知的な自分について控えめな言い方をしているが、彼女の古い日記を見ると、当時はインテリとしての自負たるや相当なもので、まわりの女たちが女流作家も含めて知的に劣ることを、折にふれてずけずけと書いている。

昭和に入って女の書き手がふえてから、中央公論社が毎月十日に催す「十日会」という女流文学者の会合が昭和九年からつづいていて、平塚らいてう、宇野千代、吉屋信子、林芙美子ほか二十数名のメンバーに野上彌生子も入っていた。彼女は十一年五月の「十日会」に久しぶりで出席し、会はいつ行ってもつまらない、と日記にしるす。〈ものを書く婦人ですらこのくらゐ談話の領域が浅くせまいかとおもふと憫れな気がする。（略）あんな会に欠さず出席する人たちの気もちが分らない。〉

それから二年後に夫豊一郎に同行して渡欧するさい、「私は一個の知識人として」見聞し描きたい、と彼女は旅の抱負を新聞記者に語った。「私は一人のもの書きとして」「作家として」ではなく、「知識人として」と言うところに、欧州へ旅立つ気負いもあるにせよ、世の女流作家たちに与しない彼女の自負心が露出している。

彌生子はのちに、戦前をふりかえって《男女の知的水準のひらきの激しい、さうしてまたなにかを学び取らうとしても婦人にはその機会がたやすく恵まれない状態》(「嶋中さんの思ひ出」)と述べている。男女の知的水準のひらき、ということでは、私よりも一世代上の敬愛する作家三枝和子(平成十五年没)から聞いた体験談が忘れられない。三枝和子は、戦後の学制改革が行なわれた年に師範学校を卒業して関西学院大学哲学科に入学、初めての男女共学でガク然とした。「男と女の知的な集積の差はたいへんなもので、想像を絶するくらいに大きかった。」「もう圧倒的に知識の量がちがうんです。」そのぶんを追いつかなければ、と彼女は夫の文芸評論家森川達也から読めと言われた本はすべて読破したという。旧制中学と女学校の学力の差が大きかったことは、教師歴の長い私の叔母からも聞かされた。

彌生子の長篇第一作『真知子』(昭和六年刊)の主人公真知子は、二十四歳の知的な娘で、専門学校を出て帝大[東大]の女子聴講生として社会学を学んでいる。この設定は作者彌生子の願望の表れであろう。初めて書く長篇小説は、フィクションであっても、願望もふくめて作者自身に近い人物を主人公にする例は多く見られる。彌生子は、小説の真知子のような進学が叶わなかった時代に、勉強する手段として結婚し、知識欲をみたした。教師役の豊一郎と、漱石門下の彼の友達の知的エリートたちを基準にすれば、彼女の目に周りの女がみんな知的に劣るのは当たりまえのことで、彼女は自分と同じく「インテレクチュアル」な百合子だけを認めていた。

彌生子と交友がはじまった頃の百合子〔当時は中条百合子〕は、自筆年譜に《泥沼時代》とある時期で、百合子の代表作『伸子』に描かれているとおり、自ら選んだ結婚生活にあがき苦しんでいた。『伸子』の終りのほうに登場する楢崎佐保子は、野上彌生子がモデルである。彌生子の友人のロシア文学者湯浅芳子と百合子が彌生子宅で知合って急速に親密になるいきさつも作中に描かれていて、彌生子の日記と照合してみるとほぼ事実そのままである。百合子は、大正十三年二十五歳で離婚して三歳年上の湯浅芳子と共同生活をはじめ、『伸子』を四年かけて書いてから、芳子と二人でモスクワ遊学に発った。

〈彼等が一二年外国をまわつて来る間には、私だつてさう／＼無為には過さぬ決心である。友情は友情、競争心は競争心だ。負けてなるものかといふ気はいつでもある。〉

　百合子たちの三年間のソ連滞在中に、彌生子は長篇小説『真知子』に着手し、書きあげた。『真知子』は百合子の自伝的長篇『伸子』とまったく異なるが、同じく女主人公の名前を題名にするというのは競争心むき出しで、彌生子のしたたかさが表われていると私は思う。

　小説の出来ばえは、『伸子』のほうがまちがいなくすぐれている。尤も、十七歳でデビュー作「貧しき人々の群」を「中央公論」に発表して脚光を浴びたブリリアントな百合子と、こつこつ励んで六十代以降に代表作の三大長篇小説を書いた晩成型の彌生子を、長篇第一作で較べるのは彌生子に酷かもしれない。

『真知子』は若書きの弱点が目立つとはいえ、若い世代に革命的情熱が高まった昭和初期の日本社会のアクチュアルな問題をとりあげ、彼女がイギリス小説から学んだ骨法で描いたフィクションで、女流文学といえば体験派の私小説中心の戦前では異色の、女流ばなれした作品である。この長篇第一作は、「作家は時代の証言者であらねばならぬ」という信念とともに、彼女の後半期の仕事につながり、野上彌生子は長篇小説家として着実に大きくなる。

彌生子が『真知子』を書きあげた昭和五年暮れに、百合子はソ連から帰国してプロレタリア作家になり日本共産党に入党、のちに党最高幹部となる宮本顕治と結婚して苛烈な弾圧の時代を生き抜いた。昭和十二年には獄中の夫顕治の熱望に応えて、筆名も中条から宮本百合子に改めた。百合子のほうが顕治の九歳年上である。

宮本顕治は、ソ連帰りの百合子と党活動で知合う以前の昭和四年、「改造」の懸賞論文に、芥川の自殺を論じた「『敗北』の文学」で一等当選、二等入選作は小林秀雄の「様々なる意匠」であった。彌生子は、宮本顕治と戦後に百合子の通夜で初めて会い、〈私が漠然ともつてゐたイメージよりはずつと粗く、強く、逞ましかつた〉と初対面の印象をしるしている。彼を共産党の闘士よりも、かつて「『敗北』の文学」を書いた文学青年としてイメージにえがいていたのであろう。

彌生子が百合子と親しくなったのは、インテレクチュアルで話が合うというだけでなく、百合子の出自も彌生子の好みに合っていた。地方出身で、「ござんす」言葉を身につけた彌生子にはブルジョアの都会人と並びたい志向が強い。(ブルジョア育ちで東京人の百合子は「ござんす」なんて言わない。) 百合子は、プロレタリア作家になってからの言行にも、ブルジョアのお嬢さん育ちのなごりがある。弾圧時代の彼女の不屈の抵抗も、その芯にお嬢さんのこわいもの知らずの純な強さがあると私には感じられる。

私は戦前の「女人芸術」に参加した人びとのことを書くとき、生き証人の一人から、こんな話を聞いた。「百合子さんはね、窓に花を飾るなんてプチブルよ、と決めつけながら、高級舶来のコティのコンパクトで鼻のあたまをはたいていましたよ。」

彌生子が「ハンブル」という言葉をよく使い、謙虚であることを重んじながら、ちょっとした発言や感想にエリート意識を発散させるのと相通じるものがある。さらに百合子は「よく生きたい」と言いつづけた人で、彌生子はつねに向上意欲満々で、ともに向日性のタイプで劣等感がない、そして卑屈になることが皆無というところも似ている。商家とインテリ家庭という生まれ育ちの違いが、人柄の違いに表われてはいるが。

二人は、百合子が党員作家になり政治運動へ進んでから交際に距離が生じたが、実践者と観照者のちがいを認めあって戦中戦後も友情をもちつづけた。しかし百合子はじれったそうに、「あなたをこうして揺すぶってやりたい」とよく言っていた、と彌生子は回想している。

宮本百合子の小説は、代表作『伸子』をはじめとして、戦後の『風知草』『播州平野』『二つの庭』、未完の遺作『道標』(第三部まで刊行)、いずれも体験にもとづく私小説的作品で、客観小説はわずかな短篇だけで、フィクションの長篇小説は一作も書いていない。彌生子の文学観からすると注文をつけたい筈であるが、私小説的作家宮本百合子に言及して辛い点をつけた評は日記にも見つからない。まだ口出しせずに、年下の百合子の文学の歩みを見まもる気持があったのかもしれない。まだ百合子は彌生子の前半期にあたる年齢であった。

百合子は、昭和二十六年一月に脳脊髄膜炎で急逝し、五十一年の生涯を閉じた。

それから半年後の同年六月に、林芙美子が心臓マヒにより急逝、享年四十七。林芙美子の告別式の帰途、広津和郎が「宮本百合子、林芙美子、平林たい子、この三人の女流作家が並び立った姿は、まことに文壇空前の壮観で、今後再び見ることはできないだろう」と、くり返し語ったという逸話には重みがある。

彌生子は、宮本百合子を悼む談話で、「今まで無かつた、思想的なものを持つた新しい女流作家として最初に現われたのが百合子さんであり、男の知識人に伍して、全く対等に、その文学活動の出来たのが百合子さんだつた。それは女流文学史の上ばかりでなく、日本の女性史の上でも全く新しい出現といえるだろう」と讃えた。「これから先、思想的にもつと徹底した人、行動的により強い人はいくらも出るかも知れない。が、百合子さんの持つていられた高い教養をもあわせ持つた人は当分、出ないと思われる。」（「宮本百合子さん」）

宮本百合子と林芙美子を追悼する対談（中島健蔵）で彌生子は、次のように言っている。日本の社会では女流作家が「一種女芸人」といった目で見られ、社会ばかりでなく男の作家からもやはり下目に興味的に見られてきた、と前置きしてから、「こういう傾向を是正させて、はじめて彼らと同じく女流という代名詞なしにその存在を確立させた功は宮本百合子氏に帰すべきだと思う。」

そして林芙美子について、彼女の死がジャーナリズムの酷使によるという平林たい子の追悼文に彌生子は異議をとなえ、書く書かないは作家の自由であり、ジャーナリズムの要求に無限に応じた林芙美子は「ほんとに自分の芸術というものを大事に守らなかったという一つのぬかりがあつたんじやないかしらと思うのです」と対談の席でやんわり批判している。日記ではもっとストレートに叩いて〈愚の骨頂〉とまでいっている。

林芙美子が、片っ端から注文を引受けて書きまくり寿命を縮めたのは事実であるが、性格にもよるにせよ、芙美子のような境遇からのし上った作家は人一倍、必死に鎬を削って世に出た辛苦が骨身にしみていたであろう。彼女は売れっこ作家になってからも、「ジャーナリズムはちょっとの油断もできませんからね」と言っていたという。

彌生子の林芙美子批判は、芙美子や平林たい子のような困難と苦労とは別世界の、いわば特等席で最初からずっと書いてきた人の言いぶんである。彼女の直言に対して、対談相手の中島健蔵が、林芙美子はジャーナリズムの要求に負けたのではなく、頼まれれば何でもひきうけていくらでも書けるぐらいに脂が乗っていた、と芙美子を擁護し、あたたかい情味をこめて彼女を偲んでいる。

百合子が亡くなったとき、その前年に夫豊一郎の霊前に花を供えてもらったのを思いだし彌生子も供花を届けた。それから毎年、二人の命日（百合子一月二十一日、豊一郎二月二十三日）に花を届けあう両家のつきあいが、彌生子の存命中欠かさずつづいた。宮本家からは、百合子の元秘書で顕治の再婚相手の寿恵子夫人が、毎年わざわざ成城の野上家へ供花を持参し、顕治が自分で持参して彌生子と歓談したことも何回かあった。彌生子が白寿を迎えた昭和五十九年の豊一郎の祥月命日には、顕治と寿恵子が夫婦そろって訪ずれ例年どおり花を手向けた。彌生子の日記によると、〈[宮本顕治氏の]年齢をあらためてたづね75といふので、それではまだ若造だ、といつて笑ひあつた。彼とこんなじようだんがいへるのも私だけかも知れない。クルマも二台、一台はお伴のため。それだけの用心も怠りえないのであらう。〉

彌生子が友情を結んだ作家は、あとにも先にも宮本百合子だけである。

戦後も彌生子は、女流作家たちと距離をおく足場を変えなかった。自らを別格あつかいした。昭和二十二年に日本芸術院会員に内定したとき、作家で女を入れるとなると、他には見あたらぬという事にさせたのはわるい気がしない、というより当たりまえの事をしたのだ、と夫宛の手紙に自信のほどをしるしている。

彌生子は昭和二十七年春に、女性だけの文学研究会「あかね会」の例会によばれて「カミュの異邦人について」と題して話し、その日彼女も入会した。「あかね会」は、前年に国文学の女性研究者を中心に円地文子らが加わって小人数で発足し、毎月の例会で二名ずつ研究発表を行なった。年とともに会員が増加したが、時代の推移にともない発足から二十五年続いた会は昭和五十一年に発展的解消をした。彌生子は、会の活動が各グループの共同研究に変更になるまで、例会にたびたび出席し懇親会にも出て、「あかね会」創立十周年記念講演会では円地文子、湯浅芳子とともに講演をした。入会後の日記から——〈私としては、女流文学者会に求めてえられなかつた仲間を、ここに見出した事になつた。〉

〈ああ女流文学者か。こんな名前は解消しなければならない。それに含まれてゐるいろいろな厭わしい概念とともに。〉（七十代の日記から）「女流文学者会」にも私は初めから否定的です、という発言もある。それでいて彼女は、女流文学賞の選考委員を引受け、九十過ぎて視力が弱り、候補作をカセットテープに吹込ませて聴くようになっても選考委員を辞めずにつづけたのだから、喰えないおばあさんである。九十三歳のとき対談したドナルド・キーンが、日本文学史の現代篇を書くにあたり女流文学について彌生子へ相談するのへ、かりにあなたが「女流文学」として一括しても、私には通ずるものはないんですと言い返している。

話はとぶが、昭和三十一年にその年芥川賞を受賞した石原慎太郎の呼びかけで「二十代作家の会」というのをつくり、月一回会食していた時期がある。石原慎太郎を中心に、江藤淳、三浦哲郎、谷川俊太郎など二十人近く集まったが、その中で女の二十代作家は、曽野綾子、有吉佐和子、そして最年少の女子大生の私、この三人だけであった。高学歴（女子大卒）の曽野、有吉の二人はマスコミで「才女」と呼ばれてめずらしがられた。〝文壇に才女時代到来〟、などと週刊誌の記事になったのを憶えている。私は「学生作家」と呼ばれた。

現在では十代二十代の女の書き手が増えて、才女も学生作家も、わざわざそんな呼び方をするまでもなくおおぜいいる。執筆の現場でも社会的にも女の書き手のほうが不利ないわば男女格差は、今の時代には消滅したと断言してよい。そして、彌生子のように執筆とまともな結婚生活を両立させ、知識と教養で書く、という女の作家はかつて異例とされたが今ではごく普通になっている。（ちなみに、私が結婚後に創作をやめたあとで再出発した昭和四十年代にはまだ、主婦作家とか奥さま作家とかいう分け方がのこっていて私も当初「主婦作家」と呼ばれた。）

野上彌生子と宮本百合子が程度の高い知識人であったことはまちがいないが、二人に劣らずインテリの女性作家が今では全然めずらしくない。彼女たちは彌生子とちがって、〈大切なのは、美しいのは、貴重なのは知性のみである〉と知性第一主義を振りかざすようなことはしないし、情感主義を目のカタキにして退ける必要も感じないであろう。もっと自然体でそれぞれに書いている。

彌生子がこだわって反撥した「女流」という言葉も、今は使われなくなった。女の書き手と文学が、戦後の日本の時代とともに旧態から脱するにつれて、旧来の呼び方も廃れ、「女性作家」「女性文学」の呼称が定着している。旧来の女流作家の系譜におさまらない野上彌生子は、現代の女性作家の先駆けである。

彼女が最初から否定的であった「女流文学者会」は、昭和初期に、女の発表機関も少なく有形無形の悪条件にとりまかれていた〝マイノリティ〟の女流作家たちが結集するために生まれたが、もはや役目を了えて、私が入会した昭和五十年代にはすでに、年に数回会食する親睦のグループであった。平成十八年（二〇〇六）春に休会、翌年解散した。

彌生子は『迷路』執筆中に、恋人の田辺元から忌憚なく批評されて、〈自分の今日までの訓練は、情緒的なものにうち克ち、理性を重んじることにあつたのでそれが作品にも大きく影響してゐる〉と認めているが、その後も一貫して情緒的なものを排する持論を通した。『森』執筆中の、八十九歳のときの対談（円地文子）でも、「日本文学の情感第一主義からぬけでるためには、『源氏物語』をはねとばす必要があるんではないか。そうじゃありませんか」と強調する。円地文子は「そうでしょうか。わたしは『源氏物語』は情緒的な文学とはおもいませんけれど」とひと言反論しているが、彌生子の気迫に押されて口を噤むさまがつたわってくる。私も反論したい側で、彌生子の決めつけをどうかと思う。ところが、『森』を読むとそんな私の不服は消しとんでしまう。野上彌生子の最後の小説『森』は、実作が論や主義をのみ込んでのびやかに豊饒になり、情緒も情感も十分にそなわっている。

終　章　『森』――白寿の作家として母親として

　長篇小説『森』は、彌生子八十七歳の昭和四十七年（一九七二）から五十九年まで「新潮」に断続連載され、完結を目前にして、彼女の急逝で千四百枚の長篇の終章が書きかけの遺稿になった。彼女は生前、あと数十枚書けば完成すると担当編集者に告げていた。

　彌生子が、「森の学校」という仮題で『森』の初稿に着手したのは八十二歳のときである。彼女が学んだ明治三十年代の明治女学校を小説世界の土台にする構想で、新たな長篇にとりかかった。執筆第一日目の日記から――

〈「森の学校」にペンをつけた。（略）よその人はもう仏さまになるか、生きてゐてもペンとは縁きりに暮らす作家が一般であるのに、私はこれから書かなければならなかつた題材にとり組むのだからおかしな事だ。どんなものになるか、どこまで書き貫けるかそれは分らない。とにかく幕はあいた。道がまへにある。歩きつゞける外に生き方はない。〉

彼女は〈とにかく一歩でも、半歩でも足をとめない事が大事だ〉と一日半ピラ一枚から二枚のペースで書きつづけ、〈書き直しのくり返しと加筆と削除〉という入念な推敲を怠らない。こうして五年かけて第七章まで書き溜めてから、「新潮」に断続連載を開始した。『森』の初回発表時に同時掲載された〝作者の言葉〟によると、この作品は自伝的要素にもとづいて書いていくが《虚構をとることに決めたのである。》《ただ身のうえ話ならカセットに吹きこんでもことはすみ、もの書くものがしいてペンの仕事とする必要もないわけで、この作品が自叙伝ではないとするのもそのためにほかならない。》 彌生子は、初稿執筆中の池島信平との対談でも、こんど初めて自分のことを書くが自伝ではない、「芸術として、『詩と真実』のようなものにするのでなければ、作家として書く必要がない」と語っている。『森』は、虚構によって創作された本格小説である。作者の年齢を考えると、その芸術的野心と創作意欲、そして初稿から十五年以上かけて堂々たる本格小説を書く大仕事を成し遂げたねばり強い精力は見事で、さらに作品の出来ばえに圧倒される。この豊かなみずみずしい傑作を、百歳近い人が書いたのか、と私は『森』を読みかえすたびに讃嘆を新たにする。

高齢になった作家の場合、書きたい思いはあってもフィクションの長篇小説を書き通すだけの創造力と体力気力の持続がむずかしい。そこで無理せずに、手馴れた範囲で老舗の銘菓ふうの小品や随筆を、老年の仕事にする例が多い。

野上彌生子は異例の長寿というだけでなく、創作活動に老年の衰えも停滞もまったく見られない。『森』に登場して生き生きとした存在感を放つ若い男女たちには、作者の精神の張りがのり移っている。高齢の作家がふえてきている現在とちがって、彌生子もいうとおり八十を過ぎれば仏さまになるか、ペンと縁切りになるかが作家の一般であった時代に、彼女は八十代九十代にわたって不老の創作活動を全うした。

『森』は、九州の東海岸の故郷から、西も東もわからぬ東京へ出てきた満十五歳にもならない菊地加根《かね》が、日本女学院に入学した明治三十三年（一九〇〇）春からはじまる。東京のはずれの森の中にある日本女学院の、生徒数わずか五、六十人の学院での日常や風変りな授業や、女生徒たちの交友が、あらゆるものへ向ける加根のナイーブな感受性と好奇心旺盛な観察眼を通してこまやかに描き出される。視点は加根とかぎらずに、森の学園につどうさまざまな男女たちへ自在に移りながら、物語が展開していく。

この小説の題材になっている明治女学校は、明治期の女性史と文化史に足跡を残し、校長の巌本善治の主宰する「女学雑誌」には島崎藤村や北村透谷が寄稿して同校で教鞭をとったことでも知られる。彌生子が普通科高等科の六年間学んだ明治三十年代の明治女学校は、麴町の校舎が焼失して市井から遠く離れた森の中へ移転してからで、この小説の主要な舞台になっている。「新潮」掲載の第一回に付けた〃作者の言葉〃の中にある、《在学中に生じた一つのよのつねならぬ出来ごと》というのは、宗教家、思想家として多くの崇拝者を集めていた巌本善治校長が、教え子の女生徒と肉体関係を持ったセックス・スキャンダルである。彼は失脚し、やがて明治女学校は廃校に追いこまれた。

カリスマ的存在であった巌本善治校長の失脚は、十代の彌生子に人間と世の中というものを考えることを教えてくれた最初の出来事であった。彼女はこの事件を素材にして、前半期に戯曲「放火殺人犯（のちに改題「秘密」）」（大正五年）と短篇「悲しき真珠」（昭和十年）を書いた。老年期の『森』では、今だからこそ書ける、今だからこそ見える、巌本善治の事件にせまりながら周りの人間模様や時代相を描き出そうとする。この小説で、巌本善治は日本女学院の校長の岡野直巳として登場し、彼を通して彌生子が田辺元の哲学講義から学んだ人間の二面性、二重性を描くことが、この小説の主題の一つになっている。巌本の妻で、早世したあとも『小公子』の訳者として広く知られた若松賤子、島崎藤村、画学生時代の荻原守衛〔彫刻家荻原碌山〕らも仮名で作中に出てくる。内村鑑三や勝海舟は実名で登場する。

読者は、森の学園に入学した菊地加根と共に学園の息吹きに触れ、岡野校長を中心にして明治の青春を生きる男女たちに親しみながら、物語の面白さにひきこまれていく。明治女学校のことや巌本善治について少しばかり知っている私などが読んでも、事実や実名を忘れさせる虚構の世界の魅力にみちている。

私は、野上彌生子の遺作『森』を初めて読んだとき、とりわけ後半の熱っぽい劇的な迫力に息をのんだ。長寿でこれほどタフな女性作家に怪物性さえ感じた。それがきっかけで野上彌生子の人と作品に関心を注ぐようになったのだが、見てきたとおり彼女は怪物に非ず、地道な勤勉努力の人である。

彌生子は、長男素一と旧制浦和高校で同級の武田泰淳が作家になってから、彼の小説を読んで〈わざと悪型に隈取りしたやうな書き方〉に疑問を呈し、〈もつとまつすぐな本道を守つた方が、立派な作品を書く方法としてもよささうに思へるが〉と日記で評している。

彌生子の代表作『迷路』『秀吉と利休』と『森』は、〈まつすぐな本道〉を守って勤勉に精進した成果で、彼女がイギリス小説から学んだ長篇小説のたしかな習熟をしめし、主知的な作風に豊潤さが加わり一作ごとによくなっていく。『森』の、物語の後半にかかり、医学生の青年と女生徒園部はるみの恋愛を描くくだりでは、みずみずしいエロチシズムまで加わっていて驚嘆させられる。

若い医学生加部圭助は、岡野校長の崇拝者であるが、熱愛する恋人園部はるみと岡野校長の肉体関係を知ると、大学の解剖室から盗み出したメスを握って岡野を殺そうと土砂降りの雨の中を森の学園へのり込んでいく。岡野を追い廻し、取り逃がした加部圭助は、ずぶ濡れ泥まみれの姿で夜道をたどり、内村鑑三を訪ねる。内村は、カーライルの肖像を欄間に掲げた書斎で、夜ふけまで机に向かっている。

《加部圭助は開けられた書斎にやっと一足踏みいれたまま、扉を背に突ったち、厳しく尖《とが》った眼を欄間のカーライルとその下のもう一人に据えた。

「今夜私が殺そうとしたのは悪魔です。人間ではない。悪魔です。そうだ、とあなた方もおっしゃってください。でなかったら――」

ほとんど悲鳴の叫びで床にぶっ倒れた彼は、泥まみれの制服の上着の襟を、その直線なりに引き割くように開けると、手拭いでぐるぐる巻きのメスを摑みだした。》

加部圭助は殆ど号泣して「怖ろしい、怖ろしい。先生、教えて下さい。私は、どうすべきでありましょう」とさらに問いかけ、内村鑑三が言葉を返すところで第十五章「春雷」は終っている。ドストエフスキーの小説を私に思わせる医学生の熱烈な恋と狂おしい激情、緊迫した場面は、生半可なエネルギーではとても書けるものではない。

第十五章「春雷」が、彌生子が生前に発表した『森』の最後になった。つづく終章は未定稿で遺された。

彼女は、『迷路』執筆中の六十九歳のとき、田辺元宛の手紙に、《一生をかけてたゆまず勉学いたします事によつて、一歩づゝでも向上の途がたどれるはづとおもふ事のみが、私のわづかな期待でございます》と書き、《私は死ぬまで女学生でゐるつもりでございます》と書き送った。そして『森』執筆中の八十六歳のときには、晩年の八十二歳のピカソが〈つんぼで、半分失つた眼で〉描きつづけた姿をテレビで観て、〈ピカソほどの画は描けなくとも、気魄だけは負けずに生き度い〉と日記にしるす。老いをよせつけない向上心と気魄が、彼女の八十代九十代の仕事を支えている。

『森』は、「新潮」に断続連載中も、毎回手を抜かない推敲は初稿のときと変りなかった。〈決してらくな仕事をしてはならない。〉〈精進を欠いで《ママ》はならない。〉〈練り直しこそ大事なものだ〉（日記から）と励み、午前中だけときめている執筆の日課が、書き直しのくり返しと加筆や削除に何日も費されることがたびたびであった。

彌生子は原稿を書くとき、鋏と糊が手離せない。直したい個所を消して書き直すのではなく、例えば「私は」を「私が」に直すときは、たとえ一字でも原稿用紙を切ってその上に貼りつける。直しが十字なら十字分の用紙を貼る。「切る、貼る、ということが、私にはやはり創作のプロセスとして必要なんですよ」と話している。糊を買う役を引受けている次男茂吉郎が、「母さんは糊を舐めてるんじゃないですか」と時どき冷やかして言うぐらい、よく使った。糊は昔ながらの薄青色半透明の壜型容器のヤマト糊で、彌生子は眼がわるい上に夢中になると見境いがつかなくなって、糊の壜にペンをつっ込んだり、インク壺に指をつっ込んだりする。それを聞いてびっくりした「新潮」の担当編集者小島千加子が、糊は近頃便利なのがあるので今度持ってきますと言うと、「いえ、それも誰かが持ってきて使ったことがあるけれど、結句《けっく》わたしはこれの方がいいの。慣れたものでないとダメよ」とことわった。訂正の切り貼りが、二枚三枚と重なることもあって、糊づけの重なるゴワゴワの原稿用紙は、端を持っても爪のようにピンと突っ張った、と小島千加子が回想している。糊の代りに、ご飯粒で貼ってあってでこぼこしていたこともある、と『秀吉と利休』の担当編集者は思い出を書いている。

午前中いっぱい机仕事に集中し、午後はまず昼寝をした。彌生子は四十代の頃、自分の生活から排斥すべきものの一つに睡眠不足を挙げているが、年をとってから、つつがなく仕事をする原動力として睡眠をいっそう大切にした。夜八時の就寝を守り、旧知の中村光夫がNHKの教養番組に出演して話す夜は特別に九時まで起きていて聴いたが、そんな夜ふかしは年に数えるほどであった。〈私のエネルギ《ママ》の持続は、ベット《ママ》に入ればくわん／＼と眠られるところにある。この状態がつゞくかぎり仕事もつゞけられるらしい。〉（九十九歳の日記から）よい眠りで疲れがみんなとれてしまうのが私の肉体の強み、とも言っている。もともと芯の丈夫な体質にちがいないが、彼女の老年の健康は、執筆第一の日課で習慣化した節制によるところが大きい。

肉体の老化を防ぐ気構えも怠らなかった。彼女は、一年の半分を東京成城の家で暮す間、出歩くことを滅多にせず、山荘とちがって散歩もしないかわりに、玄関に人が来ても電話がかかってきても、パートタイマーの家政婦に何か頼むときも、書斎のある二階から下りて階段の上り下りに足を使った。成城の家は、彼女の故郷臼杵に移築されていて公開日に私も一度訪ねたが、昔の造りなので書斎に通じる階段はかなり急な勾配で幅が狭い。その階段を彼女は一日十数回、多い日には二十数回上り下りした。「自分流儀の暮し方を乱さずにつづける」には、足をしっかりしておかないと、と言っていた。自他共に認める健脚は、最晩年まで保たれた。

長篇随筆「一隅の記」の冒頭に、歯のことが書いてある。彌生子は七十代まで入れ歯一つなかったが、八十歳の年に上の奥歯二本と下の一本がつぎつぎに脆く抜けてしまったあと数ヶ月で、歯並びが上下とも悪くなった。矯正専門の歯科医を紹介されて行くと、矯正はむずかしく上下とも義歯にするしかないと診断され、そのために先ず十二本を順に抜歯すると義歯部門の専門医から知らされて、彼女は義歯にするのをやめた。この長篇随筆を発表した八十二歳以降の、彼女の日記を見ていくと、八十代後半から時どきさし歯や入れ歯に不具合が生じて近所の歯医者へ行くだけで、食事にもさし支えなく済んでいる。

書きつづけるエネルギーはあるが、視力だけが不安で、用心が必要だと彼女は九十代の日記にしるしている。生まれつき弱い視力が、九十にかかる頃から低下し、読み過ぎると覿面にこたえた。それでも彼女は《一種習性じみた読書癖》をどうにかみたしていたが、九十六歳になる年に朝日賞を受賞したときは受賞者発表の新聞記事の活字もおぼろにしかたどれず、息子に読んでもらった。同年春、〈いよ〳〵失明に近い眼〉は、庭のこぶしや杏の花のさかりを眺めたくてもオペラグラスさえ役に立たなかった。書くほうは、九十四歳のときに、黒い太い罫の特製原稿用紙を新潮社に作ってもらった。太い罫から斜めにはみ出したサインペンの筆蹟を見ると、まさに気魄で書かれているのを感じる。その生ま原稿を、「新潮」の編集者たちが手分けして清書した。

九十七歳の五月には『森』の掲載号も読めなくなり、十一月に白内障の手術にふみ切った。術後、《さん然とてり輝く光明世界》《対宇宙の景観の相違》と、彼女は身近な人たちへ手紙で報告した。今まで気づかなかった壁のシミが見えて困るほどであった。

彌生子は子供の頃から近眼と内斜視で、小学校高等科になると教室の黒板の字もはっきりしないほどで最前列の席に坐った。『森』の第七章「鴉の子」は、菊地加根が森の学園の夏休みに帰省した九州の東海岸の町に小説の舞台が移り、酒造りの商家に育った加根の子供時代も描かれている。小学校高等科になって医者にめがねを強制されると、加根の母は、めがねも女の子は教室だけにすべきだと命じ、加根もそれを守った。作中、次のような一節がある。

《人は人である。それ故男は人であった。でも女は、その前にまず美しいものでなければならない。――よその土地とて同じであったろうが、その頃、このちいさい城下町の女たちを支配した通念は、こんな思考法に準じたかと疑われるほど厳しかった。なにがなんでも女はみめ麗《うる》わしくあらねばならず、それこそが唯一《ゆいいつ》無二の女の美徳とされたので、器量よしに生まれついた娘ほど、幼いころから磨《みが》きがかけられる。》

加根の母は、不器量に生まれついた娘が、めがねでいっそう醜い顔になるのを案じたのである。母の気持が、加根にはわかり過ぎるほどわかっていた。彼女は、上京して女学校在学中に近眼の度が進んでからも、めがねをかけるのは教室だけであった。

不器量のひけ目を、美しい髪で補って、上京後は好んでお下げ髪にした娘心も、加根に託して彌生子は書いている。作中の加根もチェーホフをひきあいに出しているが、チェーホフの『ワーニャ伯父さん』で、ソーニャがエレーナに髪を褒められて「器量の悪い女には、きまって『いい眼をしている』とか『いい髪をしている』とか言うものだわ」と返すせりふがある。彌生子が小さい頃から容姿に関してうける褒め言葉は、房々として美しいおかっぱの髪にかぎられていた。明治女学校時代に友達といっしょに撮った写真（33頁参照）を見ると、彼女一人だけが束髪ではなく、長い黒髪を肩から胸元へひろげて垂らしている。髪の美しさを誇示して、精いっぱいおしゃれしているのが見てとれる。

彼女は中年以降、アタマの手入れと称してしらが抜きの人を手間賃を払って頼んでいた。二センチほど伸びかけたしらがを、一本一本毛抜きを使って抜くのである。午前中から昼食後までアタマの手入れに費す日も、日記の記述に何度も出てくる。疎開中、正月に東京から来た夫にもしらが抜きを頼んでいる。ごま塩頭になることを思えば手間賃は安いものだという彼女は、七十代の日記で〈鏡で見ると、まだ黒髪といへる〉と、ほっとしている。

彼女は父親似で、母の美貌を何ひとつ貰いうけていないが、母ゆずりのきれいな手が自慢で、随筆で自讃している。次は七十九歳の彼女が、平塚らいてう、富本一枝〔「青鞜」時代の名は尾竹紅吉〕と会った日の日記から――〈手相の話になり三人のをさし伸ばして較べて見る。平塚さんも富本さんも薄つぺらで、瘠せて、骨つぽく汚い掌をしてゐるのにおどろいた。それに比すれば私の掌は肉がゆたかに、うす紅いろで、ぽつちやりして美しい。〉こんな自慢をわざわざ日記に書くとは、女のナルシシズムも幾つになっても涸れない人である。

彌生子には、自己卑下がない。彼女の唯一の容貌コンプレックスは、知性の優劣のほうが大切になると弱まって、他人の顔の美醜に目ざといという性癖で残った。彼女は、自己卑下と一体をなす弱気にとりつかれることもなく、くよくよ悩んだり悔やんだりしない。

『真知子』の主人公真知子は、自己卑下のない健やかな若い女性である。ここでは小説の内容の紹介は省くが、真知子は自分の過誤をさとっても、悔いや懊悩がない。悪びれない。内心忸怩、というところが全然ない。作者彌生子にそっくりである。

私が時には反撥もおぼえながらこれまで見てきた、彌生子の持ち前の強気な自己肯定と神経の粗らさ、それが老年の彼女の長所になり、魅力にもなっている。傑作『森』に見るエネルギーの逞しさや精神の若々しさは、弱気で神経質でいちいち思い煩ったり、自信喪失や自己嫌悪に陥ったりするような性向ではとても無理である。野上彌生子は、あらゆる意味で強靭な女性である。

ここで老年期の彌生子の発言を、いくつか紹介する。

「わたしには、死を見つめて、それに対して戦慄を感じるという、そういうものがないんですよ。」

「自分の能力をこえて無理をしなさるな。わたしがこれまで生きてこられたのは、無理をしなかったから。」

「生涯ともしてゆく灯を、どんなに細々とでも消さぬようにともし続けてゆくことよ。」

「お金なら、くめんすれば何とかできるものでしょう。しかし生活の環境というものは、長い年月のその人の努力によってしかつくれないものですからね。そしてそれこそが大切なのですよ。」

彌生子の老年期の充実は、彼女がつくりあげた生活の環境と結びついている。

夫豊一郎と六十五歳で死別してから、彌生子にとって最良の仕事場である山荘で半年、東京の成城の家で寒い間の半年暮すことにきめて、九十九歳まで一度の変更も中止もせずに行き来した。東京では次男茂吉郎の一家が庭続きの隣りに住み、三男燿三の一家が道一つ距てた向かいに住んでいた。彼女は、夫の発病を機に成城の家を買って山荘独居をうち切り、九大勤務の茂吉郎を東京へ呼び寄せたとき、彼と妻子のための新居を庭内に建てたのである。長男素一が昭和四十八年に京大を定年退官すると、彼女は素一夫婦の住まいも敷地内に建てて、京都から呼び戻した。

執筆と勉強が中心の自分の生活を堅持しながら、息子たちを傍に置いて暮す。彼女は、作家と母親の両方の望みを、自負している父ゆずりの行動力と、大学教授の息子たち三人のだれよりも収入が上まわるペンの実力とで実現していった。

『森』の中で、菊地加根の郷里の父の《根強い家族主義》に触れた個所がある。作者彌生子の父と重なる。初期の身辺小説「父の死」や「生別」から、《家の血を尊ぶ家族主義》を、彼女がひき継いでいることがわかる。家族主義というより、血族主義と呼ぶほうがふさわしい。戦時中に山荘から夫へ宛てた手紙にも《浜町の父の血が働く自信があります》と書く。

彼女が家族エゴイズムを憚らずに言動に出し、息子たちを傍に置く生活設計を着々と実現したのも、彼女の血族主義の現れにちがいない。彼女は息子たちに眼が無い。茂吉郎の長年の友人の証言もある。《小母さんの人物評価はきびしい。ただし例外は若い人、特に男性。

息子たちには特別甘い。》（坂口亮　全集第Ⅱ期月報所載）

子供たちにはできるだけスネをかじらせる方針は、終生変らなかった。戦後、末ひろがりに大きな作家になるにともない収入が増してからも、彼女自身は質実な暮しで、息子たちの生活に援助を惜しまなかった。近所同士の息子たちの家族が集まって祝いごとのホームパーティをするときも、会計は彼女が全部受持った。八十代後半にかぎってみても、まとまった印税が入ると、自分には必要以上の収入だが〈息子たちのこれからの生活、ことに停年以後がそれによつて安泰に役立つこと〉（日記から）だけを願っている。また、純金の延べ棒を三本買い入れて息子三人に分け与え、税金対策を講じている。彼女は名実共に女家長として、銀行との取引きも晩年まで自分で行なった。

彌生子の故郷の臼杵は、〝天保の改革〟以来、質素・倹約・貯蓄・勉励の伝統があって、彌生子も質素倹約の臼杵精神の持主である。唯一の趣味の謡には気前よく旦那税を払っているが、ほかに浪費も贅沢もしない。臼杵御三家と呼ばれる商家に生まれ育って、ムダ金を使わない商人の才覚をうけ継いでもいた。

戦争末期の東京で彼女は、前述したとおり、役所で疎開証明書をもらい荷物を発送するのに一ヶ月以上かかるところを、コネとワイロを使いチップをはずんで四日でやってのけた。このあたりから、父ゆずりの政治性と金銭感覚に自信をつけた。敗戦前後の非常時のおかげで、世間知らずなインテリ奥さま作家から脱皮したといえる。

ペンで得る収入がふえてからも、日常の倹約と出費のけじめをおろそかにしなかった。

〈よい支払ひでこそ人も使へるわけ也〉(七十代の日記から)と報酬をケチらず、ぬかりなく心づけを渡し、縫い物や繕い物をかよいの家政婦に頼む場合はそのぶん手間賃を別に払った。倹約のほうの一例は、成城の家で二十五年使ってきたカーテンを繕って使いつづけ、古いテーブル掛も繕って使った。古い防寒コートを黒に染め直して二十年着つづけた。山荘では、多額の現金を〝はらまき銀行〟に入れて、不時の出費に備えていた。

彌生子は、七十九歳の六月に例年どおり山荘へ移ると、テレビを買った。NHK教育テレビの語学講座を、東京の家のつづきで視るためである。ドイツ語、英語、フランス語の講座を毎朝必ず視て、のちにスペイン語と中国語の講座も視た。学ぶことが大好きな彼女には、娯楽番組よりもずっと面白かったにちがいない。

長男素一が、《母の家庭教育で欠けていたものは、音楽教育と、賑かな娯楽》と随筆に書いていて、彌生子も〈私たちの家庭の教養で最も欠けてゐるものは西洋音楽〉と日記で認めている。息子たちを〝知的エリット〟に育てあげるために万全を期した彼女も、音楽だけはにがてで除外したらしい。娯楽となると、戦前から映画館(主に洋画の封切館)にはよく足をはこび、老年になってもテレビで往年の名画を熱心に観ているが、賑かな娯楽など見向きもしない。彼女には読書のほうがはるかに楽しかったであろう。

『森』の初稿にとりかかった時期の日記から引く。〈長命だけが大事とはいへぬ。それほど長く生きて何をなすか? に焦点をおいて考へなければならない。〉

無為に日を送る暮し方を、彌生子はうけつけない。彼女の暮しの中には、怠惰と逸楽が、どこにも見つからない。人それぞれで、彌生子のような生き方と、怠惰と逸楽の多い人生と、どちらがエラいともダメともいえないけれど、八十代になってこれほど旺盛な〝やる気〟が持続する人は、高齢者がふえた平成の現在でも稀れであろう。ついでにいえば、彌生子の勤勉なしぶとい持続力や克己心向上心は、上京して明治女学校で培われた精神主義よりも先に、地方生まれの明治の女の血に根ざしているように私は思う。

夫の生前から山荘独居をこよなく好んでいた彌生子は、『森』の執筆中、北軽へかよってくる担当編集者の小島千加子に「山にいる間だけがわたしの本当の時間、本当の生活なのよ」と言った。彌生子は毎年、まだ大学村にだれも来ていない六月に入山する。田辺元の告別式のときに初めて自動車で北軽へ行って以来、列車をやめてタクシーで往復するようになった。往復には成城のなじみのタクシーと運転手を毎年頼んだ。東京から脱け出して、半年ぶりの山荘に着くと、待ってくれていた古なじみの人ばかりかガラス窓や壁や机にまで「やっと帰って来ましたよ」と、うきうきと挨拶して、鉄板のストーブに薪を焚く。

《夏とてまだ名ばかりの山の冷えは、夕方近くなると、さかんに焚いてちょうどよいほどです。私は反対側の楽椅子にもたれ、人語を聞かず、ただ鳥声の言葉通りで、その鳥たちさえすでに啼きやんだ高原一帯を包むしんしんと深い静寂を、いっそそれで諧調づける薪のぱちぱち鳴る音に耳を貸していると、あらためておくべき場所に身をおいた思いに打たれるのでした。》(「山よりの手紙」)

彼女が満身で味わっている悦楽が、読む者にもつたわってきて満ちたりた心地になる。
大学村が夏場のシーズンを迎えると、山荘の住人たちが入れかわりたちかわり、村の草分の長老へ挨拶にくる表敬訪問からはじまって、野上山荘は千客万来で（彌生子は「千来万客」と常に書く）、とび入りの客も加えて二十人近くになる日もある。もともと話好きな彌生子は、好奇心旺盛で抜群の読書力と記憶力とで話題が豊富で、サロンの女主人にもなり得る人である。山荘仲間たちの表敬訪問や千来万客を、けっこう歓迎しているようすが日記から読みとれる。彼女が、足にまかせて山道を散歩するのは、山荘の人びとが去り、再び山がからっぽになる秋である。

八十歳の秋のある日、短い随筆を書きあげたあと、彼女はクマよけに缶を叩き歌をうたいながら、一時間ほど山歩きをした。こうした日録や、窓をノックするキッツキに叩き起こされ「はい」と大きな声で返事をする朝もある彼女の日常に、私は羨望をこめた笑いをさそわれる。山荘は最良の仕事場というだけでなく、彼女が山住みの環境からぞんぶんに恵みをうけ悦楽にひたっているのが、よくわかる。彼女の健康な長寿も、山住みのおかげが大きい。

彌生子の作品は、『迷路』の軽井沢の風物や『森』の学園をとりまく四季の描写はもとより、短い随筆でも、自然への親愛から生まれるこまやかな生き生きとした自然描写が出色で、その感性と描写力は年をとっても衰えをみせない。

随筆集『花』（新潮社刊）は、八十代の山荘独居の記「巣箱」、「山よりの手紙」など、九十二歳の「窓とおんぼろ楽器」まで十七篇が収められている。『森』の作者の若々しいしなやかな精神の活力が、随筆にもいきわたり、身についた教養と渾然一体となって、身辺の事柄をとりあげても自在に連想と思惟がひろがっていく。

幾年ぶりかで人間ドック入りした体験記「窓とおんぼろ楽器」では、病室の窓から見える上野の夜景のネオンサインから西洋の中世の教会のステンドグラスへ思いをはせ、自分の肉体をおんぼろ楽器にたとえ医師を調律師に見たてて、《古ぼけの楽器は、どんな上手な調律師の手にも及ばないもの、まさしくは、一個の肉体のかりそめの調和は、漠々とはるかに遠い宇宙的な調和に吸収されるのを気づかないのか。と、からから笑う声がどこからか聞こえそうな気がする》と結んでいる。

随筆集『花』は、彌生子九十二歳の昭和五十二年十月に刊行、彼女の生前に上梓した最後の著書となった。滋味といえる、ふくよかな味わいを私たちに与えてくれる名随筆集である。

その後も、世の趨勢に敏感で世界や宇宙までひろがる活発な関心と、知的好奇心は、九十代の対談やインタビューに示されている。彼女は、白内障の手術を受けて術後もたびたび通院したり、医者の指示で一日に六回目薬をさしたりするなかで、〈私の生活はこのごろは私的なものにからまり過ぎてゐる。外界は遠ざかつたのではないのに〉と、九十八歳にしてなお自省している。

『森』は、書き進めるうちに内容がふくらみ、「新潮」の断続連載は最初の予定よりも延びていった。発表の間隔は第八章から年一回とペースダウンしたが、「雪見にころぶところまで」と彌生子はあせらず力を省かず執筆に励んだ。彼女は、昭和四十七年四月に川端康成の自死の報に接したとき日記にしるしている。もうずっと長い期間作品を示さない川端氏は、すでに死んでいたに等しい、〈文学者が生きるゐ《ママ》るのを証明できるのは、書くこと以外にないのだから。〉この言葉は、九十三歳を迎える年の年頭の〈もんだいは幾つになつたではない。幾つになつても書きつづけることである〉にまっすぐつながる。

　九十代も半ばを過ぎると、創作にエネルギーを注いだうえ手紙を書くのは重荷になってきたが、〈平気ですっぽかす気持になれない〉と礼状や返信を従来どおり、まめに書きつづけた。『森』の物語が進み、若い男女の恋愛を熱っぽく官能的に描いている時期にも、筆まめは変らない。

　彌生子は仕事にかぎらず、手抜きをしない。ぶしょうをしない。なしくずしに老いに屈するということがない。執筆第一で簡素と単純を信条とした暮しを、九十代のさいごまでパートタイマーの家政婦のほかは人手に頼らず維持した。毎年東大病院で受ける健康診断の付添いや、山荘へ車で移るさいの同伴や、来客のもてなしなど日常に生じる必要な手助けは、目と鼻の先に住む息子夫婦たちがうけあった。〈こんな息子たちと愛情を分かち合ひ、たよりあひ、慕ひあつて生きるたのしさこそ、人の親の無上の悦びで、また誇りであらう。〉

　几帳面で、何ごともいい加減にしておけない彼女は、贈答品のやりとりも、そこまでしなくてもと日記をたどりながら呆れるほどで、最晩年まで義理固いつきあいをこなした。人一倍行きとどいた常識人である。そういう性分を十分に自覚しているからこそ、机仕事にうちこみ第二義的なものは拒否せねばならぬ、と己れを厳しく律したのではあるまいか。

毎年多くの人へ歳暮に贈る銘酒「宗麟」の注文書も、晩年まで自分で書き送った。臼杵に居城を築いたキリシタン大名大友宗麟に因んだ「宗麟」は彌生子の命名で、生家の小手川酒造が昭和三十九年に売り出して以来、彼女はお礼や祝いごとなど何かにつけてこの清酒を進物にしている。彼女といちばん仲のよかった弟金次郎が、四十六年（彌生子が文化勲章を受けた年）に心筋梗塞により急逝したあとも、彼女は臼杵の小手川一族と濃く結びついていた。

彌生子の長篇小説は、作中人物それぞれの、生まれ育った郷里の家族や縁者や境遇をくわしく書きこむのが特色の一つで、こうした小説作法にも彼女の根強い家族主義がひそんでいるように思われる。遺作になった『森』も、数多い登場人物たちの個性を言動や容姿風貌や会話で描き分けるだけでなく、彼ら一人一人の郷里の血縁や家庭環境や、郷党との関係を、きめ細かく描いていて厚みのある人物造型がいきわたっている。

彌生子九十五歳の昭和五十五年六月、岩波書店刊『野上彌生子全集』全二十三巻別巻三の刊行開始。翌五十六年、『全集』と現代文学への貢献により朝日賞に選ばれた。朝日賞の受賞は、彼女には文化功労者や文化勲章よりもうれしいことであった。というのは、かつて夏目漱石は東大を辞めて朝日新聞社に入った。彼女は国からもらう賞よりも、師の漱石と縁の深い新聞社の賞を喜んだ。

漱石が、明治四十年、彌生子の処女作「明暗」に批評と教訓を書き送った手紙は冒頭の章で紹介したが、文中に次の一節がある。《明暗の著作者もし文学者たらんと欲せば漫然とし

て年をとるべからず文学者として年をとるべし。》

爾米八十年、漱石の教えを肝に銘じ、漱石が芥川龍之介に牛になれと手紙で忠告したとおりに、根気ずくで牛になって不断の努力で文学者として九十九歳まで生きた野上彌生子は、漱石の忠実な弟子である。漱石の文学を継承したとはいえないが。

〈書くことによつて、考へた以上のものが次第にペンに現はれる。それ故にこそ書き、書きつづけることがペンを執るものには、何より大切なことだ。〉（九十七歳の日記から）

書くことは考えること、というのはもの書きの誰もが経験し実感していることであるが、八十年近く書いてきてなお、このように言い、かつ実践しつづけた作家は他に例を見ない。

昭和五十九年、彌生子は白寿を迎えた。「新潮」六月特大号の特集「野上彌生子の一世紀」に、彼女は『森』の執筆を中断して随筆「バウム・クーヘンの話」を寄稿した。身のまわりのことから書きおこし、彌生子が若い頃から特別に魅かれてきた天才的な女性数学者ソーニャ・コヴァレフスカヤの「対死観」、古代エジプトの「王たちの墓」、日本の「羽衣伝説」、と自由自在に連想がはたらく。毎年、ドイツ系の製菓会社から彼女に送られてくる誕生日祝いのバウム・クーヘンの年輪の重なり合いのように、つぎつぎに重なる連想は「ブラック・ホール」へ飛翔し、核の怖ろしさを絶妙な比喩で暗示する。彼女は、この半ピラ三十二枚の随筆を、日記によるとかつてないほどのスピードで書きあげた。

〈久しぶりにたのしい執筆であり、最後にブラック・ホールまで使用したのには自らおどろかされる。やつぱり書くことだ。〉（傍点引用者）

この随筆は、彌生子の白寿を祝う会の参会者にバウム・クーヘンの引出物といっしょに配られた。長寿の祝いにふさわしい名随筆である。

昭和五十九年五月、彼女の白寿を祝う「野上彌生子さん百歳のお祝い」の会が、文芸四団体の主催で東京會舘で催された。彌生子は黒紋付羽織姿で、杖にもたよらず壇上にしゃんと立ち、謡で鍛えられた張りのある声で挨拶して、「こんな盛大なお祝いをしていただくと、もう一度何か書いておかなきゃいけないなあと思います」と、次の作品を書く抱負を述べた。彼女はかねがね、大友宗麟のことを書きたい思いを抱いていた。

彼女は、謡の師匠の尾上始太郎から「ずいとおさえて、ずいとおさえて」と、女にはむずかしい発声を厳格無比の稽古で仕込まれたが、普段の話し声は高音である。

室生犀星が「婦人公論」の彌生子訪問記に、当時七十五歳の彼女の声を《鳥のやうに透った若いひびきを持って、時にきーんと立つ》と表現している。甥の小手川力一郎［金次郎の長男で醸造会社フンドーキンの後継者］が思い出を綴った小冊子「野上弥生子エピソード」によると、白寿の前年に、成城の彌生子伯母を訪ねた日のこと、伯母が部屋のガラス窓をいきなり開けて、二十メートルほど離れた隣家の次男茂吉郎宅へ向かって、「正子さぁん」と力いっぱいの大声で茂吉郎の妻を呼んだ。電話をかけたらよさそうなものを、家の中にいる姿の見えない嫁を大声張りあげて呼んだ伯母に、九十八歳のおばあさんのすることか、と力一郎は度胆を抜かれ、このぶんならまだ五年は大丈夫だと思った。

彌生子は白寿を迎える頃から耳が少し遠くなったが、言語明瞭な澄んだ若い声はさいごまで変らなかった。ある日かかってきた電話に彼女が出ると、先方はまさか九十九歳の作家本人とは思わずに、取次ぎの若いお手伝いと間違えた。そこで彼女は、電話口でお手伝いになりすまして用件をうまく断った。

白寿を祝う会のあと六月中旬に、彌生子は半年ぶりの山荘へ移った。前年と同じく、燿三が車に同乗して付添った。山行きの身の廻りの支度は例年どおり、自分でまとめた。到着から五、六日目で、山入りの効果が体にはっきり現れて、成城ではしばしば生じた腰の左側のケイレンのような痛みが殆どおさまり、便秘も治り、何をしても東京より疲れが少なくなった。

息子たちの新しいはからいで、長年のなじみで内輪のように山荘に出入りしている梅田の細君お千代さんが、この年から毎日来てくれることになり、〈食事ごしらへの手数、その他省けることが多くなつたが、しかしそれも狎れを必要とするが、二つよいことはない〉と彌生子は日記にしるす。夜の泊り役はお千代さんの夫が引受けていたが、九月に入って急に冷えこんだ夜中、彼を起こすのが気の毒で、彌生子は自分で書斎の押入れから毛布二枚を出してかついできた。

『森』はいよいよ完成間近で、菊地加根が社会に開眼するという一章をもって終りにする目論見を彌生子は立てていた。加根の開眼と、新しい時代の幕開けとが重なる構想である。白寿の祝いのつづきで山荘でも訪問客が多かった夏が過ぎ、〈さあ、これで「森」に戻れる〉（日記から）と『森』の終章にとりかかっているとき、彼女がモキの愛称で呼んでいる次男茂吉郎の発病の知らせが東京から届いた。彼は腎臓の手術を受けることになった。茂吉郎は、東大紛争のさい教養学部長で、定年退官後は法政大に勤めていて七十過ぎての発病であった。〈なんとしてももう一度もとの健康をとり戻させることが、私に課せられた任務だ〉(日記から)と、九十九歳の母親は帰京を急ぎ、迎えにきた燿三とともに十月中旬に成城へ戻った。

茂吉郎の手術はぶじに済み、術後の経過も順調と知らされて、彼女は「中央公論」百巻記念号の原稿「遠くも来ぬるものかな」を書きあげた。病人のようすをちょっと見に行きたい気持は強いが、毎日出かける妻正子の報告を聞くだけにしていた。茂吉郎は十一月末に退院、一ヶ月後に再入院する。

彌生子は、年末に茂吉郎が再入院したあと、身を動かすと胸がどきどきする異状が生じて、部屋でも杖をつくようになった。年が明けて、昭和六十年正月も息切れの異状がつづくので、茂吉郎の長女和子の夫の医師岩田裕吉が診察にきたが、血圧の数値も心電図も正常であった。彌生子はその後も急に動くと体がぐらつく感じで、用心のため杖を使いながら、これまでどおり一人住まいをつづけた。一月二十一日の宮本百合子の命日には、いつものように供花を届けることを燿三に頼んだ。臼杵の甥小手川力一郎から長女の結婚話を知らせてくると、さっそく結婚祝いを送る手配をし、旧知の河野与一夫人の埋葬式に長男素一を行かせ香典は編集者に頼み、と律儀な気くばりは相変らずである。

夫豊一郎の命日の二月二十三日に、宮本顕治夫妻から毎年届く供花が、この年は宮本夫人も前日まで入院していて代理の人が成城へ持参した。〈顕治さん一行のロシア行きのことな

ど、いろ〳〵話し度いことが今年は多かつたので残念ひとしほであつた。〉彼女の日記には
このあとも、米ソの交渉の再開は宇宙の非軍事化が最優先、米のレーガン二期目の就任演説のこと、田中角栄が脳卒中で入院したニュースなどがしるされていて、時事や世界情勢へ向ける関心は変わらず旺盛である。

しかし、長年にわたる日記の克明な記述は、昭和六十年正月から目に見えて簡略になり、空白の日もふえてくる。茂吉郎の発病で帰京して以来の、身心の消耗を窺わせる。茂吉郎の入院中、病室に毎日かよう妻正子の報告を聞くために彼女の帰りを待って、夜八時就寝の規則正しい生活にくるいが生じていた。二階から一日十数回階段を上り下りしていた昼間も、病人が心配でいつ電話がかかってくるかと、電話機のある階下の部屋にいるほうが多くなった。

彌生子の日記は、再入院してからの茂吉郎の病状についていっさい触れないまま、〈茂吉郎の病院生活は、正子のつき添ひで様子がわかるだけ気になる点も多い。それだのに私はまだ一度も見舞ひには出掛けてゐない。今年の春寒が異例なためでもある。「白寿」以来のごた〳〵もまだ尾をひくであらう〉と三月十一日にしるしている。この日の朝日新聞夕刊に、彌生子の顔写真入りで、故郷の大分県が計画中の「生誕百年祭」の紹介記事が載っている。伊勢丹美術館の「野上弥生子展」の準備も進行中で、打合わせや展示する能面の撮影で成城の家に人の出入りもあった。彌生子は、茂吉郎の見舞いをかなえないまま急逝した。

三月二十九日、午前九時過ぎにかよいの家政婦が来ると、彌生子がベッドの横に倒れてい

た。素一夫婦と燿三夫婦がかけつけて医者を呼んだ。血圧も心電図も異常はないが、翌日の入院をきめ、その夜は彌生子の孫娘和子の夫の岩田裕吉医師と看護婦が泊りこんだ。彌生子は意識明瞭で、「小田切さん〔小田切進・当時の日本近代文学館理事長〕にお酒を送りましたか」とたずねたり、看護婦が入ってくると「お世話になります」と挨拶したりした。翌朝、苦しむことなく息をひきとった。

三男燿三によると、《母が息をひきとる数時間前、時々夢うつつでうわ言を云っていました。そして突然、枕もとにいた私の腕を病人とは思えないような力で握りしめて、はっきりした声で「逃げるのよ、中共へ逃げるのよ」と云いました。「省三ですか」とき返すと、「そう、省三が中共へ逃げるのよ」と答えました。その時、母の頭の中にどんなイメージがあったのだろうと、今でも時々思いかえします。》（大分県民演劇制作協議会の「迷路」公演パンフレットから）

昭和六十年（一九八五）三月三十日午前六時三十五分、九十九歳の現役作家野上彌生子は自宅でしずかに永眠した。あと三十数日で、満百歳の誕生日を迎えようとしていた。

彌生子は、死装束を八十歳のときに手まわしよく用意していた。ある能役者から贈られた白羽二重を、山荘暮しを手つだうお千代さんに縫ってもらい、彌生子が逝く日まで、山と東京を毎年往き来するたびに白装束もいっしょに往復した。

彌生子の葬儀・告別式は本願寺和田堀廟所でとり行なわれた。葬儀委員長・谷川徹三、司会・大江健三郎。夫豊一郎が眠る鎌倉の東慶寺の野上家の墓に納骨、北軽井沢の山荘と故郷臼杵市に分骨された。臼杵市では六月に市民葬が行われ、約七百人の市民が参列した。病床で「母より先には死ねない」と何度も呟いていた茂吉郎は、同年七月八日に逝去した。

翌年、臼杵市の生家に「野上弥生子文学記念館」が開館した。北軽の山荘の離室「野上弥生子書斎」は、軽井沢高原文庫の前庭に移築され公開されている。

野上彌生子の六十二年分の日記は、昭和六十年三月十三日の日記が最後になった。短い記述の中に、雪の庭の自然描写、世界情勢への関心、義理固い気づかい、と彌生子らしさが満ちている。

〈三月十三日　水、庭上いつぱいに白がい〳〵。素一の窓はそれに引きかえ紅梅の花まだ衰えず。

ソヴェート・ロシア。ゴルバチョフの出現で別な世界をつくりあげることが果して可能であらうか。

伴野の木内さんから例年のお餅の代りに手づくりの御菓子がいろ〳〵、さまざま贈られて来た。御親切なことである。返礼に「ちりめん・いりこ」でもと思ふ。〉

参考図書

『野上彌生子全集』全二十三巻別巻三　岩波書店

『野上彌生子全集　第Ⅱ期』全二十九巻　岩波書店

『山荘往来　野上豊一郎 野上弥生子往復書簡』　宇田健編　岩波書店

『田辺元・野上弥生子往復書簡』　竹田篤司・宇田健編　岩波書店

『漱石全集』第二十三巻・第二十四巻　岩波書店

『野上彌生子研究』　渡邊澄子　八木書店

『野上彌生子』　渡邊澄子　勉誠出版

『中勘助の恋』　富岡多恵子　平凡社ライブラリー版

『野上彌生子の世界』　瀬沼茂樹　岩波書店

『作家の風景』　小島千加子　毎日新聞社

「『森』の野上先生」（「図書」）ほか雑誌掲載の随筆　小島千加子

『野上弥生子の道』　狭間久　大分合同新聞社

その他

この作品は書き下ろしです。

評伝《ひょうでん》 野上彌生子《のがみやえこ》——迷路《めいろ》を抜《ぬ》けて森《もり》へ

二〇一一年九月三〇日 発行
二〇一一年一二月五日 二刷

著者 岩橋邦枝《いわはしくにえ》
発行者 佐藤隆信
発行所 株式会社新潮社
東京都新宿区矢来町七一
郵便番号一六二―八七一一
電話 編集部（〇三）三二六六―五四一一
読者係（〇三）三二六六―五一一一
http://www.shinchosha.co.jp
印刷所 大日本印刷株式会社
製本所 大口製本印刷株式会社

ISBN978-4-10-357203-9 C0095

くまちゃん　角田光代

四回ふられても、私はまた、恋をした。なんてことだろう。あんなに手痛い思いをしたというのに――。きっとここにはあなたのことが書かれている、傑作恋愛小説集。

トモスイ　髙樹のぶ子

夜の海で釣り上げた、赤ん坊ほどの大きさの、貝の剝き身みたいなもの。吸ってみるととろりと甘く、じんわりとうまみが広がる――。川端賞受賞の表題作ほか全10篇。

どんぐり姉妹　よしもとばなな

姉どん子と妹ぐり子。つらい少女時代を送った二人は、ネットに小さな居場所をつくりました。とめどない人生で、自分を見失わないように。メールが癒やす物語。

妻の超然　絲山秋子

文学がなんであったとしても、化け物だったとしても、おまえは超然とするほかないではないか――。「妻の超然」「下戸の超然」「作家の超然」を収録。異色の三部作。

私の遺言　佐藤愛子

これだけは伝えなければならない。死後の世界があることを、魂は滅びないことを――。驚くべき超常現象に見舞われた著者が、疲弊した日本人に贈る渾身のメッセージ。

この世は二人組ではできあがらない　山崎ナオコーラ

なぜ男女二人組でなくてはならないのか。この小説の舞台は狭いアパートだ。川を二つ越え、私は日々を営んでいた。つながりに切り込む反恋愛的、素朴な社会派小説。

沼地のある森を抜けて　梨木香歩

はじまりは「ぬかどこ」だった。先祖伝来のぬか床がうめくのだ――。増殖する命、連綿と息づく想い……。解き放たれてたったひとりの自分を生き抜く力とは？

貧困の僻地　曽野綾子

アフリカのある地域では、雨期になると道が消える。病院まで二百キロある。最大の夢は「満腹」。これが「貧困」であり「僻地」である。日本に格差などあるのか。

学問　山田詠美

「私ねえ、欲望に忠実なの。愛弟子と言ってもいいね」。四人の少年少女たちの、生と性の輝き。そしていつもそこにある、かすかな死の影。山田詠美の新たなる代表作。

夏の入り口、模様の出口　川上未映子

未体験ゾーンへ貴方を誘う、神秘的・哲学的・反日常的エッセイ集へようこそ。人気作家の摩訶不思議な頭の中と、世界の摩訶不思議な人間たちの姿が垣間見られる傑作！

ぬるい毒　本谷有希子

「私のすべては、二十三歳で決まる」。なぜかそう信じる主人公が、やがて二十四歳を迎えるまでの、五年間の物語。本谷有希子ワールドを鮮やかに更新する飛躍作！

かくれ里 愛蔵版　白洲正子

高度成長に沸く時代、京都や近江、大和、越前の山里を歩き、自然に息づく伝承や人々の魂に深々と触れた白洲随筆の名作。カラー写真や地図を大幅増補した待望の新版。